Les Sentiers délicats

DU MÊME AUTEUR

CHEZ LE MÊME ÉDITEUR

Nouvelles du Nord, 1984.

La Chinoise, 1987.

Les Petits bleus, 1990.

La Belle Jardinière, 1994.

En compagnie des femmes, 1996.

Nouvelles du Nord et d'ailleurs, nouvelle édition augmentée de *La Chinoise* et *Les Petits bleus,* 1998.

Masculins singuliers, 2001.

CHEZ FLAMMARION

L'Ange de Bénarès, 1993.

L'Homme de chevet, 1995.

Mademoiselle Chambon, 1996.

Bienvenue parmi nous, 1998.

La Correspondante, 2000.

Hongroise, 2002.

L'Histoire de Chirac, 2003.

CHEZ D'AUTRES ÉDITEURS

Manfred ou l'hésitation, Le Seuil, 1985.

Duo forte, Grasset, 1989.

Bruits de cœur, Les Silènes, 1994.

La Tolérance, dessins de Jean-Marie Queneau et Claude Stassart-Springer, éditions de la Goulotte, 1995.

Deux Poèmes, dessins de Jean-Marie Queneau et Claude Stassart-Springer, éditions de la Goulotte, 1996.

Jours en douce, Flohic éditions, 1997.

Les Cabanes, dessins de Claude Stassart-Springer, éditions de la Goulotte, 2000.

Éric Holder

Les Sentiers délicats

le dilettante
9-11, rue du Champ-de-l'Alouette
Paris 13e

ISBN 2-84263-097-1

pour les vingt ans
du jeune Dominique

L'Échappée belle

Lorsque j'aperçois André pour la première fois, j'ai treize ans, nous sommes en novembre 1973, il fait nuit à cinq heures, et devant la maison, une ferme à Ramatuelle (Var), la tempête n'en finit pas d'acculer les dernières feuilles de vigne contre un petit rempart où l'on a coutume de s'asseoir en été. À cette époque la Provence non loin de la mer n'est pas la villégiature uniforme qu'on connaît, la treille dénudée donne sur le village à main gauche, ses lumières forment un halo au sommet d'une colline. On voit quelques autres fermes allumées dans la plaine, de loin en loin, puis les rayons en rafale du phare de Camarat – quatre éclats blancs, noir quinze secondes – balaient le maquis habité par des sangliers. La propriété dont mon père est le métayer compte treize hectares. Neuf de pinède, trois de vigne, un de cultures diverses : fèves, pois, luzerne en terrasses, strelitzias, ou strelitzie, près de la maison, ces fleurs qu'on achète sous le nom de becs d'oiseau, et qui laissent échapper, au-dessus d'une barque verte, des pétales jaunes, rouges, des couchers de soleil, à mesure que la plante sent sa fin venir, elle pollinise, ça n'en finit jamais. Nous, les enfants, en vendions, sur la bordure de la D93, à des hommes et des femmes qui n'en finissaient pas, eux non plus, au volant de cabriolets, de péter de couleurs. Ils disparaissaient dans les couchants idoines du Club 55, de La Cabane Bambou et de Tahiti-Plage.

Donc, c'est une nuit qui remue. La table autour de laquelle dîne la famille – le père au bout, la mère s'affairant, quatre enfants dont trois filles, la dernière a huit ans – forme à ce moment-là le centre d'une pièce à tout vivre, cuisine, buanderie, salon et chambre, pas de télé des livres. Une petite cheminée, reproduite à l'étage au-dessus, sert peu, sinon pour guetter les variations du vent. Elle est maudite. La foudre, qui a suivi le conduit, a pris la forme d'une boule de feu avant de tournoyer autour de la femme du précédent métayer. De la rendre folle.

La porte d'entrée ferme mal, elle ouvre mal aussi. Il s'agit de ces portes auxquelles on donne un tour de clé pour satisfaire l'esprit, tant à la pousser, si l'on n'y est pas habitué, on ébranle jusqu'aux murs. À côté d'elle, de là où je suis, j'ai vu, l'espace d'une seconde, un visage blafard s'encadrer au carreau de la fenêtre, se haussant goulûment sur la pointe des pieds pour regarder notre menu – un rêve récurrent. À peine a-t-on le temps d'enregistrer la vision que la porte fait entendre son raclement. Personne n'a frappé. La poussée devient plus violente. J'ai bondi, le couteau à bout rond en avant.

Ainsi André s'inscrit-il, dès la première fois, dans la continuité de *Moby Dick*, les bras écartés, son bonnet de marine enfoncé sur le front, la tempête en arrière-plan. André n'a pas dit un mot, n'a pas bougé, il attend sur le seuil en observant de quel côté le coup va porter, le ventre rentré, les mains prêtes. Les yeux bleus du Nord, il est petit ou bien je suis grand, nous mesurons la même taille. La voix du père, derrière, le père rencontre certaines personnes pendant la journée, quand les enfants vont à l'école. « Ton fils ? » demande André en tapant des semelles, en ôtant son caban. Plus tard, ils riront fort en se rappelant le jeune garçon qui brandit le couteau à bout rond. Mais alors le jeune garçon verra dans les yeux d'André un air pas dupe, un soupçon de respect, un hommage. Ce n'est pas si souvent, à treize ans. André en avait vingt-quatre.

*

Moby Dick. À huit ans. En Espagne. Je ne sais pas comment mon père a déniché cet ouvrage (il porte un numéro de bibliothèque), ni pourquoi je suis si certain, longtemps après, qu'il s'agit bien de papa. Pourtant, ce genre de souvenirs, nous en mettrions la main au feu. Ainsi du suivant : mes parents enroulés sur une plage de sable blanc, le ciel très gris par-dessus, tandis que seul avec eux, je lis non loin d'une barque renversée, quille au vent. D'autres livres succèdent, sans laisser non seulement l'impression de celui-ci, mais son appel d'air. Des récits de guerres, de pilotes d'avions.

On racontait beaucoup d'histoires sur André, elles étaient toutes vraies. Il avait, à l'âge de seize ans, poursuivi son beau-père avec un vrai couteau pointu. Avait fui en Grèce où, quelques mois plus tard, il avait été jeté en prison. Un départ en Inde, tout de suite après, c'est là-bas qu'il séjourne un peu de temps dans un chantier naval, et y apprend le métier (charpentier de marine). À partir de là, sa trace cesse d'être continue, il connaît des ports partout dans le monde, les gros, ceux où l'on peut usiner quand on n'a pas le sou, les petits, ceux des îles du Pacifique où il convoie des bateaux de plaisance. Il avait réalisé subitement une petite fortune, ainsi qu'on le dit avec pudeur, et l'employait maintenant à la construction de son propre bateau, son chantier niché dans la colline de

Grimaud. Il l'appellerait *Pessoa*, et, avec tout ce qu'il avait compris au-dessus des mers du globe, ce serait le roi des voiliers. Ensuite, on n'entendrait plus parler de lui, ni de *Pessoa*, promis. Les Marquises. Iva-Oa. (Il tint parole).

En attendant, puisqu'il était à terre, et pour ne pas mourir tout à fait idiot, il complotait avec mon père pour monter un troupeau dans la bergerie à demi ruinée. Une vingtaine de brebis, un bélier pour démarrer l'affaire. André voulait que ses mains apprennent l'élevage avant de repartir, cela pourrait s'avérer utile là-bas, dans les îles. Si le cheptel venait à croître démesurément au moment du départ, eh bien on le revendrait en bloc, avec des bénéfices. Le père hésita, finit par accepter.

*

André m'attrapa avec des pièges, des vrais, en acier noir et à mâchoires dentelées, dont le ressort, parce qu'ils étaient neufs, réclamait la lutte. Je ne les posais pas moi-même, j'étais chargé du transport de la musette qui contenait le vin recueilli par mon père, du pain, du gras-double. André montrait comment se frotter les doigts au myrte et au romarin, les meilleurs *pétouliers*, ces endroits où les lapins se réunissent pour crotter, et la façon d'enterrer le piège, une façon de démineur, on a vite fait d'y laisser un ou plusieurs doigts. Plus tard, il passera au collet, plus sportif.

Nous les distribuions tous deux au déclin de l'après-midi, et parfois, il nous arrivait d'être surpris par la nuit. Nous rentrions par des pistes que nous connaissions à force, mais que traversaient à tel et tel endroit des hordes de sangliers. Lorsque nous les longions, nous les entendions fouir et casser des branches. Nous partions relever les engins dans le matin, à la fraîche, les sentiers, les *drailles*, nous apparaissaient cette fois avec netteté, taillés dans le maquis ou serpentant dans la garrigue qui montait à l'assaut du plateau, contre un grand ciel bleu.

Très vite, dès les premiers jours, André demanda :

– Qu'est-ce que tu as lu ?

Je lui dis la dizaine de livres, *Moby Dick*, *L'Odyssée* (la moitié). Il s'arrêta pour éclater de rire, jusqu'aux larmes. Le lendemain, il revint avec des volumes : *L'Or*, de Cendrars, *Bourlinguer*, du même, *Le Colosse de Maroussi*, d'Henry Miller, *Les Clochards célestes* de Jack Kerouac. Le contrat, quoique non exprimé, était clair : j'avais intérêt à lire, ô combien! si je voulais à nouveau le fréquenter. Car, autrement, de quoi auraient parlé un marin et un jeune garçon timide?

*

André avait tout lu, sauf le reste, qui est littérature. Pendant les quarts à bord de bateaux, aux escales interminables, dans la lueur des lampes de chantier. Sans ordre, sans le bâton des études, sans autre appât que cet étrange ressort qui nous envoie d'un livre à un autre. Ainsi Henry Miller le conduisait à Alfred Perlès, de là à Lawrence Durrell, qui engendrait à son détour, curieusement, Gide. Ainsi suivais-je moi-même son propre cheminement, les volumes apparaissant certains matins sur la table, tandis que d'autres étaient retirés.

J'ai rencontré depuis de grands amateurs de romans. Ce sont des êtres doux, dont la fréquentation des histoires silencieuses a poli la langue, la discrétion, la finesse. Chez André, la lecture était un alcool fort. Au début, il nota avec satisfaction que j'épuisais ses provisions successives, avec un secret contentement, en sifflotant. Vint le moment qu'il commença de s'emporter : les épisodes que je lui racontais, tirés de ses lectures, rebondissaient avec véhémence sur lui. Hé ? Tu ne la trouves pas un peu salope, toi, cette Mara-Mona, avec Henry Miller ? Et Lawrence Durrell, non ? Ses premières lettres à Miller… Tu as lu leur correspondance ?

Il me sembla que le printemps de l'année suivante, à mesure qu'il avançait, se teintait d'orange, de pourpre, s'ornait des lampions de couleur qui bordent les promenades des ports. La passion creusait son trou. L'inconnu se parait des attraits qui ne l'ont pas quitté depuis. À force de réagir, André ne pouvait pas laisser la discussion en plan. Il m'emmena un soir chez sa mère, à Port-Grimaud – j'ignorais qu'il eût une mère, et qu'elle tenait un restaurant. Je mangeai pour la première fois des crabes farcis, je pouvais commander ce que je voulais. La nuit était chaude au-dessus de nos têtes, les insectes se brûlaient aux ampoules jaunes et rouges, le brouhaha des hommes gagnait à mesure que se vidaient les bouteilles, parmi lequel la voix d'André, qui en avait bu plusieurs, « Tu n'as pas lu la *Prose du Transsibérien* ? *Les Pâques à New York* ? Qu'est-ce que tu fous ? »

– J'étudie en classe.

Il avait un geste évasif de la main et une expression de fatigue quand on abordait l'enseignement. « Foutaises ! Qu'est-ce qu'on va t'apprendre ? Sartre ? Quel autre enculeur de mouches ? Proust ? Foutaises, foutaises ! La vraie vie est ailleurs ! » On alla se promener le long du quai, le long de la mer où s'émiettaient les reflets des lampadaires.

– Tu connais des chansons ? demanda-t-il.

– Non.

– J'en sais un paquet, mais ma préférée, c'est celle-là…

Il exécuta le début de *Stranger in the night* en rotant harmonieusement, après quoi, il arbora le sourire le plus joyeux, le plus stupide et le plus satisfait qu'on pût imaginer.

« Ne t'inquiète pas. Il n'y a que moi que ça amuse. »

Un travail de bagnard.

*

Quand le plein été fut installé, les parents nous envoyèrent, nous, les enfants, comme chaque année, rejoindre notre famille paternelle, qui habitait un ancien hôtel isolé en face de Vieux-Boucau, commune de Soustons (Landes). J'emportais deux autres Kerouac, *Sur la route* et *Les Anges vagabonds*. On nous fichait là-bas, oncles, grands-parents, une paix royale, pourvu qu'on fût à table au son de la cloche. Quand je ne lisais pas, allongé sur le lit étroit, je passais par la fenêtre pour aller jouer seul dans les dunes. Je lisais encore les fins d'après-midi face à la mer, assis en tailleur sur le sable de la plage vierge à des kilomètres, les soleils orange entraient en moi avec les mots de Kerouac, je devenais avec lui l'élève de Dean Moriarty en virée, je buvais et je me défonçais à la recherche du moment de grâce, je le trouvais, comme eux, sans l'aide de rien, mais à la réunion de tout, du couchant, de l'océan, de l'air, lorsque encore un peu de chaleur, un souffle qui rafraîchit le front ressemblent à un don. Et droit devant, l'élargissement.

Le même été, une heure chaque matin (je devais rattraper un programme de grec), je devins l'élève de ma «tante de français» qui préparait alors un CAPES. Elle était jeune, douce, compréhensive, elle adorait rire – un trait familial. J'évitais de regarder sa poitrine épanouie sur un buste mince, ou ses hanches de dos si elle était en maillot – ce qu'on appelle une belle femme, grande, le crin long, dru, noir, et qui, n'eût été le chemin qu'elle s'était dessiné, tournait la tête des hommes du Sud-Ouest, au point qu'ils rôdaient autour de l'ancien hôtel en mendiant un os. Elle les éconduisait sans pitié. J'adorais, pour moi, assis à côté d'elle, répéter éluon, éluès, élué... tandis qu'en face de nous la fenêtre ouverte donnait sur les dunes, les oyats courbés par le vent, et que de l'horizon montaient les lourds nuages des orages d'août. Ô les planchers rabotés par le sable et les draps empesés d'air marin.

Elle aussi me prêtait des livres. Loti, Maupassant, Sartre (donc), plus tard : Proust. De Kerouac lui-même, dans *Croyance et technique pour la prose moderne*, numéro 14 : « Sois comme Proust un vieux défoncé au temps » et, numéro 23, cela, qui vaut d'être appris par cœur : « Garde la trace de chaque jour armorié dans le matin qui t'appartient. »

La tante de français détenait le secret de faire parler les jeunes garçons. Sous les longs cils, ses yeux : deux trous noirs absorbant les rayonnements. Je lui racontais comment André se débarrassait de sa monnaie en la jetant dans l'eau des ports ; la machine à laver qu'il avait offerte à ma mère, jusqu'alors (quatre enfants, un mari), le linge était nettoyé dans la lessiveuse ; la façon dont André se rasait : il accrochait par la boucle à l'espagnolette de la fenêtre un ceinturon au cuir spécial sur lequel il affûtait, avec des gestes amples et précis, son rasoir (j'en achèterai un semblable plus tard, ce serait le seul objet, sinon un livre, des vêtements, une musette, que j'emporterais en fuguant). Il se parfumait au gin, une flasque qui demeurait dans sa poche.

Je ne sais à la faveur de quoi, l'année suivante, je surprendrai une conversation entre mon père et sa sœur de français. Elle disait, «Ne le laisse pas si près d'André, c'est dangereux». Elle aurait eu beau jeu, après, de rappeler sa prédiction *d'un certain point de vue*. Je ne crois pas qu'elle l'ait fait.

*

Avec l'automne, ce fut au contraire le sentiment d'abandon qui prédomina. J'avais intégré le lycée de Saint-Raphaël, à quarante kilomètres, son pensionnat. Quand je revenais en fin de semaine – j'ai encore le poids des cheveux mouillés s'appuyant au col du treillis, le chemin jusqu'à la ferme – André me fuyait. Les rares fois où je le voyais, il ne s'adressait plus qu'à mon père, il me reconnaissait à peine, d'un hochement de tête rêveur. Le soir, assis en tailleur sur le lit, je me racontais des histoires, je lisais avec exaltation, en tâchant d'oublier, comme un air qui ne s'arrête jamais, que je n'étais qu'un merdeux décevant.

Peut-être avais-je eu tort, aussi, d'arriver bille en tête, un seul nom à la bouche : Malraux, le premier week-end après la rentrée – un vrai week-end, quand la famille s'ébroue dehors, et place des assiettes pour les éventuels amis, André était là… Parmi les livres qu'il m'avait prêtés dans l'été figurait le *Portrait de l'aventurier* de Roger Stéphane, qui mettait en valeur les vies de T. E. Lawrence, Von Salomon, André Malraux. Il avait dû ne songer qu'à Lawrence en le posant sur la table ; or, autant par le moyen qu'il m'avait enseigné, qu'une inclination naturelle pour le prénom André, j'avais glissé sur l'aile vers Malraux, *La Tentation de l'Occident*, *Malraux, une vie dans le siècle*, de Jean Lacouture, *La Voie royale*. J'avais entamé *La Condition humaine* qui était au programme des livres du bac. Sous la treille dont l'ombre était encore la bienvenue, on m'écoutait avec bienveillance évoquer la Sierra de Teruel, le survol du royaume de la reine de Saba, le colonel Berger.

– Et toi, qu'est-ce que tu en penses ? demandai-je à André.

– Un ministre... Il levait les yeux au ciel. Un putain de foutu ministre. Et, détachant bien ses mots : Tu-es-en-train-de-lire-un-ex-putain-de-ministre.

– Oui, mais le jeune homme fraîchement marié, partant avec Clara à Angkor pour piller des temples ! Et, dans l'attente du procès, à Saigon, eux deux ne faisant que l'amour, lire et fumer !

Il avait eu ce geste de la main au-dessus de la tête, Foutaises ! Un bourgeois, un perverti, un arriviste, un Parisien.

Il y eut une page noire entrevue au milieu d'autres blanches. Le doute s'était insinué. Il n'avait jamais lu un livre de Malraux et ne le disait pas.

*

Le pensionnat de Saint-Raphaël était occupé par cinquante garçons, dont les âges s'étageaient en fonction de leur classe, de la seconde à la terminale. Trois mille autres élèves gravitaient autour d'eux – les demi-pensionnaires et, fin du fin, brillants, toujours propres, les externes. C'était une belle bâtisse dans le style Negresco des anciennes villas, à Boulouris, près de la côte, arrière-plan de palmiers. En regardant attentivement par les fenêtres pratiquées dans le large fronton ocre, un peu mauresque, on voyait les rangées de douches grises, et plus haut, les petits croisillons des dortoirs des seconde. Nous étions « le bétail », les plus nombreux.

Une vingtaine de lits, l'armoire métallique au côté. Cependant, le soleil naissant nous prenait le matin en enfilade, avant que le surveillant général, un ancien militaire, flanque un coup de pied sur le montant de chaque sommier. Nous décidâmes, sans nous le dire vraiment, de laisser nos armoires ouvertes, de ne pas fermer nos cadenas. Nous recevions des colis, il était loisible pour quelqu'un qui n'en recevait pas, croisant devant la porte bâillant sur des chocolats, trois oranges défraîchies, une douceur, de demander, « Tu m'en files ? » Un soir, nous nous aperçûmes que l'un d'entre nous trichait : depuis quand son armoire était-elle verrouillée ? Lorsqu'on le força d'ouvrir, on découvrit d'abord un trésor vert et bleu, des plaids constellés de papillotes. Puis c'étaient des confiseries défraîchies pour n'avoir pas été offertes, un effritement de madeleines séchées. Il s'en alla de lui-même, dans la semaine, à moins que sa famille eût décidé de le retirer.

Certains soirs, des éclaireurs les ayant précédés, les première débarquaient en horde de huit ou neuf décidés à baisser le pantalon d'une victime. En période d'accalmie, ils erraient de gamin désœuvré en naïf fraîchement débarqué et demandaient, en larmoyant, qu'on les suce, parfois la sortant pour l'aérer un peu. C'est ainsi que je fis la connaissance de Youssef, de Ballester – et du petit Pinet, dont la peau exhalait une odeur forte. Je fus admis dans leur chambre à dix lits, pour une raison qu'on verra plus tard. Des soirs imprévisibles, il montait de Pinet sagement assis sur son lit une espèce de musc, un parfum fauve qu'on ne saurait décrire, avec du miel dedans. Un de ces parfums envoûtés dont on prétend en Afrique qu'« il rend ton homme amoureux » l'*aruna tiurai*. Lorsqu'ils entraient dans le dortoir, Youssef et Ballester ouvraient subitement leurs narines, aspiraient à pleins poumons. C'était le signal d'alerte pour Pinet qui, cessant de feuilleter son magazine, nous évaluait avec inquiétude. Nous le trouvions soudain beau, avec ses cheveux bouclés, blond croûte-de-pain, et qui descendaient aux épaules, son teint de pêche, ses admirables petites proportions. Quand Youssef ou Ballester, n'y tenant plus, se ruait sur le lit pour le prendre dans ses bras, feindre de l'embrasser, une rougeur délicieuse envahissait le haut de ses joues, avant qu'il se fâche et se mette en position de combat. Il pratiquait les arts martiaux.

L'étude du soir, de dix heures à minuit, était peu pratiquée, la salle de télévision recueillait davantage de suffrages. En passant devant, on entendait des commentaires sportifs, les raclements des chaises et des pantoufles. Souvent, passé onze heures, nous ne nous retrouvions plus qu'à trois, sur les petits bancs placés en amphithéâtre, les trois mêmes, chacun pour soi, pointes d'un triangle flottant dans l'espace. C'était à peine si nous connaissions nos prénoms. L'un d'entre nous, le plus apeuré et le plus taciturne, roulait des miettes de papier en lisant Alexandre Dumas et Zola. Un jour, comme je m'étais enhardi à vouloir connaître les lectures de l'autre – Chateaubriand –, je lui parlai du volume que j'avais entre les mains, un Kerouac. Je le vis surgir dans les siennes, neuf, un peu plus tard. Il m'adressa un clin d'œil par-dessus son épaule. Ce fut notre seule connivence.

Lorsque nous remontions, les couloirs, l'étage, n'étaient plus éclairés que par des veilleuses. Je me glissais dans les draps sans faire de bruit, mais parfois on entendait le chuchotement de Youssef :

– Raconte mercredi après-midi.

Suivi de celui de Ballester, qui se frottait déjà le membre :

– Elle devait être bonne, non ?

Jusqu'au petit Pinet, qui disait :

– Allez, quoi ! Sois pas vache !

Si ce n'était pas le mercredi soir, il fallait que je raconte *encore*, ensommeillé ou pas, le mercredi après-midi. Ce jour-là, où nous avions le droit de sortir, j'étais autorisé, une semaine sur deux, à me rendre chez Armelle, une externe pur jus, grande, fine, sportive. Elle aussi possédait ces cheveux bouclés d'or, de l'ombre au creux de leurs volutes, qui nous parlaient du vent parmi les blés, de rendez-vous à la brune, de bouquets de fleurs des champs, de la liberté découverte et tenue ensemble comme un secret. Tu n'en diras rien, jamais ?

Nous avions la permission de fermer la porte de la chambre, avec Armelle, ses parents pas trop loin.

« Dès lors, elle feignait d'être fatiguée et se renversait sur son oreiller, d'une main se touchant le front, souffrant d'une légère chaleur. Par la fenêtre ouverte, les grillons, les sauterelles et les cigales menaient grand vacarme. Au-dehors, la fournaise était étincelante. À l'heure de la sieste, on aurait cherché en vain de l'ombre, plus haut, sur l'Estérel.

« Elle portait une jupe à mi-cuisses, dans un tissu léger et jaune pâle, qu'un filet d'air suffisait à agiter parfois comme une vague imperceptible de Méditerranée. Les poils duveteux, à la surface des cuisses, se redressaient translucides dans la lumière, une lisière de rosée entre ce qui, déjà, était offert, et l'ombre près de la culotte. »

– Comment, la culotte ? demandait Ballester en s'astiquant frénétiquement. De quelle couleur ?

Les meilleurs soirs, j'en revenais à « celle qu'ils avaient déjà aperçue, la blanche ajourée qui laissait deviner le pubis » – en réalité, Armelle était extrêmement pudique –, et à « la sueur qui se formait en minces gouttes le long de ses bras, en frontière à la racine des cheveux. Ses parents avaient dû s'absenter, on n'entendait plus de bruit. Elle a laissé ma main s'insinuer sous le tissu. » Quand j'atteignais la plantation, le Graal, la fève, je n'avais pas le temps d'être grossier. On jouissait dans un lit à droite, à gauche plus loin, un interne qui n'avait rien demandé et rien refusé non plus.

Les mauvais soirs étaient tissés de mensonges.

– Peuh ! disait Ballester. Comment veux-tu lécher la poitrine d'Armelle si tu n'as pas encore retiré son tee-shirt ?

– Parce que…

– Elle a pas de poitrine, notait Youssef. Du tout.

– Depuis le début, je sens qu'il raconte que des conneries, soupirait Pinet.

– Vos gueules ! entendait-on au fond.

Tard dans la nuit, alors que ne parvenait plus que le bruit de leurs respirations irrégulières, ravalant mon humiliation, incapable de m'endormir, je recherchais les éléments, dans le discours, qui avaient condamné celui-ci par avance. Pas assez fignolé le détail. Manquent des ellipses. Une couleur. Du liant.

Tout était faux. Dès lors, pourquoi tel récit déclenchait-il sur moi l'opprobre, et tel autre, la jouissance alentour ?

De là naît une vocation d'écrivain.

*

Vinrent les grandes vacances. Cet été-là, ma mère s'étant saignée aux quatre veines, elle avait pu m'offrir d'aller à Londres, un mois, chez Jean-François, le plus jeune frère de mon père. Un échange, en quelque sorte, entre tante de français et oncle d'anglais. On ne voyait plus André à la ferme qu'incidemment, son bateau, là-haut, dans la colline au-dessus de Port-Grimaud, l'avait rattrapé.

Je lui rendis deux fois visite à Mobylette. La première, je le trouvai amaigri, ruisselant de sueur, rouge brique sous un soleil de plomb. La coque n'étant pas encore couverte, il travaillait à fond de cale en plaçant une dérive escamotable. Je tâchai de l'aider. Ma maladresse ne parvenait qu'à le faire souffler davantage. La seconde, il répondit bonjour, gêné, avant de me tourner le dos. Je l'emmerdais clairement. Avant que je parte, le dos rond, plus coupable que jamais, plus inexistant, il me rejoignit.

– Tiens, lis ça.

Il tendait deux volumes, l'*Histoire des littératures* en Pléiade, tome II, *littératures occidentales*, tome III, *littératures françaises, connexes et marginales*, quatre mille pages qu'il avait lues dans l'ordre. Je fis immédiatement le rapprochement avec un copain d'enfance qui, interrogé par le professeur sur ses lectures, avait répondu « Le dictionnaire ». Article après article. Tentant de les mémoriser. Alors le maître s'était écrié, comme s'il s'était agi d'une pathologie, « Vous êtes un autodidacte ».

Jean-François, vingt-cinq ans, habitait dans l'*East End* une jolie maison à un étage, qui donnait sur un jardin où était encore une maisonnette. Il partageait le gîte avec Mozailde (prononcer Mozayoudji) qui devait son teint cuivré, ses dents blanches, son rire, à sa naissance dans le sertão ; avec Aloysius, de São Paulo, au teint au contraire pâle et mat, aux yeux globuleux et mi-clos, d'un calme surnaturel ; avec Liza, le pendant féminin d'Aloysius, en plus douce, plus *suave*, s'il était possible. La fille d'un industriel qui nous alimentait tous, neveu inclus, sans le savoir.

Ma mère fit coup double cette année-là. Je lui suis redevable d'avoir perfectionné l'anglais, et appris le brésilien. Après les cours où, près de la City, à quelques étrangers, nous répétions la prononciation impeccable de *milk*, qui est *miou'k*, je me rendais avec Mozailde aux soirées de *Chile fights*. La dictature impitoyable au Chili avait ouvert à Londres des ateliers, des locaux peints en vert et rouge, des drapeaux, des banderoles accrochés au plafond ; nous écoutions, sur un tourne-disque, *A desalambrar*, *Ni chicha ni limona* interprétés par Victor Jara, à qui l'on avait coupé les doigts devant sa guitare, en plein stade de prisonniers, lui intimant « Chante pour ta mère, maintenant » avant de l'achever.

Un après-midi que je n'avais pas cours, je croisai mon oncle dans un parc à pelouses, désert sous le ciel gris, et bruissant de feuilles dans le vent qui annonçait l'orage. Nous passâmes vingt minutes ensemble, en remontant des allées, à évoquer la langue anglaise. Je me souviens précisément des buissons, des grilles, des sommets de collines. Plus tard, je reconnus avec stupéfaction le jardin public dans *Blow-up* d'Antonioni. J'avais emporté avec moi Céline, *Mort à crédit*, et j'étais frappé par la constance avec laquelle, génération après génération, l'éducation française incluait de laisser un peu d'adolescence à l'angle de la terre.

Aloysius passait la plupart du sien, de temps, à se tenir droit dans «le salon de musique» une pièce claire tapissée de disques, pieds nus sur la moquette poil de chameau. Il allumait un joint toutes les deux heures environ; il m'apprit à méditer, assis en tailleur ainsi que sur les plages des Landes. Parfois, nous continuions nos méditations à l'extérieur, les fesses dans l'herbe du jardin, tandis que le soleil passant à travers les arbres peignait sur le toit en bois de la maisonnette des taches dorées et mouvantes. Un soir, il m'offrit de l'accompagner au pub. Il coiffa son panama et revêtit une pelisse beige. Au bar, entre les flaques de bière, il parut perdre un peu de son flegme en racontant, pour ce que j'en pus comprendre, une histoire salace qu'il venait de vivre avec une étudiante. André était d'une discrétion remarquable et glissait sur ses amours, à peine un jour avais-je vu chez lui des photos échappées d'une enveloppe grand format, le visage d'une très jeune fille endormie dans les draps, un sommeil de bébé. Question à l'égard des hommes faits : quel besoin éprouvez-vous de raconter vos bonnes fortunes ? Je me sentis dès lors, avec Aloysius, complice de quelque chose dont je ne voulais pas, et de vaguement sale.

*

Je ne sais ce qui se passa, la rentrée suivante, ou bien ça c'est passé trop vite. Cinq jours de pensionnat avaient suffi à nouer une mésentente entre, d'un côté, les internes, de l'autre les surveillants, le proviseur. À son origine, un chahut. Une horde de huit à neuf première, dont j'étais désormais, venue baisser le pantalon d'un seconde. Le bougre se débattait assez pour nous faire comprendre que nous étions en train de commettre une bêtise. On nous avait surpris au même moment.

L'après-midi du cinquième jour, à quatre heures dix, en sortant du bureau du proviseur où je venais de subir une réprimande, le soleil chauffait encore le stade, sa pelouse, et l'espace désert entre les bâtiments du lycée, les cours ayant commencé. Je me rendis, bien en vue des fenêtres, aux buts de foot. C'était révoltant, mais délicieux, d'être ainsi tenu à l'écart. Je ne pouvais pas concevoir que ce qui venait de se passer était autrement qu'injuste, puisque j'avais moi-même essuyé la règle. Mais lever la tête vers le soleil, respirer à pleins poumons, en toute impunité, procurait un bien-être qui descendait en vaguelettes jusqu'aux doigts de pieds. Tu crois qu'on te reconnaît, depuis les étages ? Retourne-toi : personne. Tu *crois* qu'on fait attention à toi ; en réalité, l'attention étant inégalement répartie, surtout à ton égard, tout se déroule comme si tu n'existais pas. C'est ta chance. Tu es libre. Qu'est-ce qui t'empêche de réaliser ton rêve ? Un signe des dieux ? Ou bien est-il venu, ce signe ? Ce serait celui-là, le moment de partir pour l'Afghanistan ?

Ou bien manques-tu de cran ?

En escaladant la grille à l'abri des thuyas, des bouffées de chaleur envahissaient mon crâne, non par crainte d'être découvert, mais à mesure que le projet se formait. Il mûrit tout le temps que je marchai vers l'internat, à plusieurs kilomètres, afin de récupérer mes affaires. L'Afghanistan constituait, pour quelques-uns d'entre nous, à l'époque (1975), un Eldorado dont les pépites auraient été spirituelles. Dans des montagnes entre ciel et terre, d'ascétiques bergers enturbannés résistaient à la civilisation, assis sur leurs talons et buvant le *tchaï* au milieu de madrasa médiévales à demi effondrées. Nous en discutions aux récrés, les mêmes turbans noués en écharpe au-dessus du treillis. Nous nous jurions que passé le bac… Avec Julien, le fils du propriétaire de la ferme, un Parisien, nous nous lisions mutuellement, dans la bibliothèque de sa grande maison, le récit de la semaine du 6 au 13 janvier 1842, durant laquelle furent impitoyablement massacrés les seize mille hommes de l'armée anglaise, coincés dans «la gorge sombre du Petit Kaboul»; nous savions qu'à Hérat, où étaient pratiqués des duels de perdrix, et où l'on pouvait acheter du haschich en pleine rue, l'interpellation «*Allô mister djig-djig Lazem*» signifiait «Va te faire baiser»; les sonorités de *Gohar-Shâd*, *Mosallâ*, *Hindou-Koush*, nous tiraient par l'oreille.

Mon plan était le suivant. Monter à Paris par les petites routes. Travailler, au besoin, dans des fermes de passage, il y a toujours de l'ouvrage pour quelqu'un qui sait y faire. J'aurais rejoint Julien, rue de Sèvres, au bout de quelques semaines, enrichi au sens propre comme au sens figuré. De là, après avoir fignolé les détails, nous partirions vers Kaboul.

Le bâtiment du pensionnat baignait dans une lumière étrange, au milieu du parc. Je n'avais jamais vu les frondaisons si vertes se détacher contre la façade, ni l'ombre noire des palmiers plomber à ce point les allées. Je n'étais jamais venu à cette heure-là, le comprendre ajoutait à ma stupéfaction. Ça y était déjà, la marge, le retrait où il est donné de tout voir.

Je cassai un carreau, à l'étage, la main enveloppée dans ma chemise, j'ouvris la fenêtre de l'intérieur. Au-dessus du lit rangé parmi neuf autres tirés au cordeau, je fis le ménage de la musette que je possédais, pareille à celle d'André. J'emportai le strict nécessaire, c'est-à-dire tout ce qu'enfermait mon armoire : deux autres chemises, un tee-shirt, des chaussettes, deux slips, trois bananes, douze francs, *Les Fleurs du mal*, de Baudelaire. Le coupe-chou – le sabre de barbier, le frère de celui du charpentier de marine. J'oubliai les affaires de toilette. Une serviette.

*

Les Fleurs du mal étaient en édition de poche. J'ai conservé le volume. Taché, fripé, il porte mon nom puis mon prénom tracés malhabilement sur la première page ; sur la dernière, la même écriture mal formée aligne des dates et des localités, du jeudi 18 (septembre) au samedi 4 (octobre). On écrit pour retenir, si je lis « Jeudi 18. St-Raphaël. Aix » je retiens le coucher de soleil sur l'autoroute, près du panneau de bifurcation Aix-en-Provence. Les véhicules passent à une vitesse folle. Au bout d'un temps, je ne lève même plus le pouce, je me contente de stationner sur le bas-côté, la musette aux pieds. Il faut être vraiment con pour faire du stop au seul endroit où une voiture ne s'arrêtera jamais. Cent autres évidences comme ça, à quinze ans. J'étais parti pour apprendre. La nuit tomba sans que je trouve de sortie à l'autoroute. Avant de me pelotonner dans le fossé, la tête sur la musette, bras croisés qui réchauffent, j'enfilai le tee-shirt et les trois couches de chemises.

Ce fut le lendemain, au coucher du soleil également, que je fis la connaissance de Marc, placé dix mètres en avant de moi. Nous avions choisi de si petites routes qu'il n'y passait cette fois plus personne. Les platanes bruissaient au-dessus de nos têtes, une lumière bleu pastel tombait comme une brume sur les vergers revêtus de filets, les serres, les haies de cyprès coupe-vent. Il revenait du Maroc, rallierait Metz afin d'embrasser ses parents, puis gagnerait la RFA avant l'hiver. Les femmes y étaient accueillantes, prétendait-il, et puis on trouvait du travail facilement. Il montrait sa main droite à laquelle il manquait les trois doigts au milieu, mangés par une presse à emboutir, quelque part en Lorraine. Son sac à dos me fascinait, ligoté comme un paquetage de soldat, surmonté d'un duvet, et d'où pendaient des casseroles, un réchaud. Il désigna pour sa part ma musette, tandis que nous marchions vers Sénas, dans la direction d'Arles.

– Tu vas loin comme ça ?

Je le lui dis. Il n'eut pas l'air étonné, à peine une malice passa-t-elle dans ses yeux.

– Y a un pull là-dedans, au moins ? Un couteau ? Un bonnet ?

Rien de tel.

– Écarte-toi de moi. Ou bien reste si ça te chante, c'est bon de parler, pas vrai ? Mais ne compte pas sur moi pour te filer une couverture. Et la bouffe, j'en ai juste assez.

On se retira avant la nuit dans un champ en lisière, protégé de la route par un rideau d'arbres. On vit le ciel bleuir foncé au-dessus de nos têtes, scarifié de traits roses, tandis qu'il allumait son réchaud, y posait un grand quart de fer-blanc, et versait dedans une boîte de haricots au lard. Quand l'obscurité tomba tout à fait, dans la lueur du petit gaz, il acheva de manger et me tendit sa gamelle, « Tiens. » Il avait laissé le fond.

J'eus une vision quand il s'étendit dans son duvet, la nuque appuyée à son sac, d'une main s'apprêtant à éteindre le feu : des cow-boys.

À l'aube, trempé de rosée, je fus réveillé avant lui. Il régnait la même lumière bleue que la veille, avec semblables effilochements de brouillard à ras de la terre. Je vis que nous avions campé dans une plantation de « melons d'eau » j'avais toujours cru que ces melons poussaient dans l'eau, un fruit de nymphéa. J'en découpai un à l'aide du rasoir et le mangeai avidement, debout, guettant l'émergence du soleil au point le plus clair du liseré garance, à l'horizon. Je fermais les yeux quand le jus frais et sucré coulait dans ma bouche, ma gorge, sur mes chemises.

Lui voulut aller prendre son café au comptoir, à Sénas, en bourgeois. Il le dégusta au

Café de la gare, par les vitres duquel on voyait charger des cageots de fruits dans des wagons de marchandises.

– Bouge pas, dit-il. J'y vais.

J'achevai son fond de café tandis que je l'apercevais, à l'extrémité du quai envahie d'herbes folles, discuter avec un producteur. Revenir à pas énergiques.

– C'est bon, dit-il encore, en jetant son sac sur l'épaule. Suis-moi.

Nous chargeâmes des caissettes jusqu'à midi et demi. Nous partageâmes la paie à parts égales, sur le parking, dix-huit francs chacun, une vraie fortune. Je me rappelle qu'en regardant un peu plus haut que Marc, je voyais luire un vrai sandwich, un « déménageur » long comme l'avant-bras, jambon, beurre, gruyère. Au moment de se séparer :

– Le patron ne m'aurait pas engagé sans toi, dit-il.

Il tendit la parenthèse formée par sa main.

– Tu me serres la pince ? Sans déconner : ça fait tout drôle, mais ça porte bonheur.

Je lis Saint-Rémy-de-Provence, je lis Beaucaire, Nîmes, Saint-Pons-l'esprit (sic), Valence. Je ramassais les fruits et les légumes gâtés que laissaient les forains à la fin du marché, avant que les arroseurs passent. J'avais organisé un roulement de vêtements, je remettais le troisième jour les chaussettes, la chemise du premier, les taches paraissaient moins fraîches, et l'odeur plus atténuée. J'avais jeté mes slips aux orties, couilles à l'air! Je ne mendiais pas, sinon en dernier recours, une demi-baguette de pain chez le boulanger. Jamais un n'a refusé. Un matin, il se mit à pleuvoir avec violence, comme il pleut dans la Drôme. Cela dura jusqu'au soir. Il était inutile que je cherche un abri, lorsque j'en trouvais un, j'étais si mouillé que l'air me glaçait de façon pire. Vers la fin de l'après-midi, le monde prit la teinte opaque des grands fonds, uniquement troué, à travers les lunettes sans essuie-glaces, par les phares des bathyscaphes. Enfin s'arrêta un représentant de commerce, à en juger par les catalogues sur la banquette arrière. Il ne craignait pas de tremper son fauteuil confortable, la moquette qui tenait lieu de tapis de sol. À peine jeta-t-il un coup d'œil de mon côté, quand après un kilomètre, rencogné contre les garnitures, je m'endormis.

Il me réveilla dans la nuit sur ce que je crus être la place du village. Un kiosque à musique, quelques arbres, des bancs. Les lumières des réverbères aux trois coins n'empêchaient pas les étoiles de briller. Il montra qu'il habitait quelques rues plus loin, avant de se pencher pour refermer la portière du côté passager. Il s'agissait en réalité d'un jardin public à Villefranche-sur-Saône. Le ciel était devenu sec.

Ils débarquèrent les uns après les autres, le lendemain matin, en faisant couiner le portail bas qui donnait accès à l'unique allée bordée de buis. Des solitaires, ou presque : certains traînaient un jeune chien au bout d'une ficelle. Le plus âgé devait avoir trente ans. Il ressemblait à Errol Flynn. Ces jeunes gens ne s'asseyaient pas sur les bancs, ils s'affalaient devant, un coude sur le bois, tandis que les chiens roulaient joyeusement dans la poussière, et que les joints, les litrons circulaient. Un banquet impromptu, et qui durerait la journée, au gré du va-et-vient. Qui avait connu l'Inde, et tel autre l'Amérique du Sud. Errol Flynn, avec sa fine moustache, sa chemise aux manches bouffantes, ses cheveux sculptés par le vent, arrivait de la porte d'Orléans, une musette comme la mienne pendant au côté, mais ornée d'un « boudin », un sac de couchage. Pourquoi s'en faire ? Les vendanges battaient leur plein. On racontait que des agriculteurs passaient en camionnettes, et raflaient des groupes par six, par huit, par douze ! Ils sauraient bien nous trouver, passe-moi le joint (passe-moi la bouteille).

Vers seize heures, le soleil déclinant, Erroll Flynn eut un clin d'œil, « Il faut qu'on se casse d'ici, tu me suis ? » Nous nous dirigeâmes vers la gare, juste à temps pour voir un plateau de camion faire son plein d'ouvriers. Zéro place pour nous. On attendit jusqu'au soir sur le quai – Tu sais méditer ? – Bien sûr.

Au bout d'un moment :

– C'était quoi, ta vie ? demandai-je.

Ouvrier typographe. Une imprimerie dans le XIe arrondissement. Le patron n'était pas chien, note bien. Et puis, une belle après-midi ainsi que celle-là, sans avoir réfléchi plus que ça, il avait gagné le périph' et levé le pouce. La vie est trop courte, disait-il. Il prétendait posséder un pouvoir sur les femmes. On le croyait volontiers. « Elles sont généreuses », ajoutait-il, le regard, sous les longs cils, perdu au-delà des voies.

Un train passa. Il sauta dans l'entrée d'un compartiment.

– Il va où ?

– Qu'est-ce que j'en sais ? répondit-il avec son sourire de corsaire. Mais si la plus belle femme du monde se trouvait à l'intérieur ? Tu y as pensé ? Je ne veux pas la rater.

En revenant au jardin public, j'avais espéré que quelqu'un me prête un pull, une couverture. Avec le soir tombait un froid en lame de couteau. Ils avaient tous déguerpi, laissant derrière eux des bouteilles vides que j'allai mettre à la poubelle comme si j'avais été responsable du square. Les papiers, je les glissai sous mes chemises. Il fallut bientôt que je me rende à l'évidence : cela ne servait à rien d'autre que gratter.

La température devint intenable vers dix heures, la nuit installée. Septembre ressemblait à novembre. Impossible de trouver le sommeil, sur le banc, ou plutôt : l'impression, à mesure que la fatigue gagnait, que si je m'endormais, ce serait pour ne plus me réveiller. Je fis plusieurs fois en marchant le tour de la place aux volets clos. Les vêtements, les feuilles en couches superposées ne formaient qu'une mince pellicule sous laquelle j'aurais été nu.

J'imaginais que j'allais mourir cette nuit-là. Les tremblements prenaient aux mollets, grimpaient le long du bassin avant de secouer la colonne vertébrale, et laissaient épuisé lorsqu'ils s'arrêtaient. En revenant au banc, en m'allongeant, j'eus une ultime pensée pour mes parents. Je leur adressai une carte postale par télépathie. Il y était question, en peu de mots, plein de baisers, de l'existence qui s'achève comme on souffle une chandelle. Pas plus grave que ça. Désolé du mal que je vous ai fait.

Je me lève tard le matin suivant (je lis dans Baudelaire : mardi 23). Le soleil est déjà haut dans le ciel. Qui m'a enveloppé d'un manteau militaire ? Il couvre des chevilles jusqu'au menton, taillé dans une étoffe chaude, rugueuse, kaki. Avec ça, on doit pouvoir aller au bout du monde !

Qui remercier ? Serait-ce des années plus tard. Quel homme, quelle femme, quel humain? Un de ceux qui cultivent une certaine idée de leurs semblables, et s'y tiennent sans forfanterie. Depuis quels volets clos, à Villefranche-sur-Saône ? Surtout ! qu'on ne les voie pas accomplir de miracles. Souvent, pas la peine de remercier.

*

Il y avait eu erreur à une bifurcation. Ce n'était pas cette route-là que je voulais emprunter. À bien y réfléchir, mes meilleurs moments dataient du départ de l'internat, du champ où j'avais campé avec Marc, et des melons sucrés dans la lumière de l'aube. J'avais laissé de côté les vicinales. Beaucoup plus tard, je découvrirai l'œuvre d'André Dhôtel avec stupéfaction : mon chemin a été, et reste bordé par la falaise aux lianes de clématite où se réfugient Antoine et Vlaque (*Un jour viendra*) ; « L'eau grise de l'Arroux qui coule sur des schistes, les cailloux de différentes couleurs » (*Pierre Marceau*) ; le chapardage sous le noyer, le crépuscule dans la prairie envahie de graminées.

Qu'est-ce que je fichais en ville ? Je ne perdais pas de vue l'Afghanistan, on y mettrait le temps, mais c'était quoi, le temps ? Pourvu que chaque seconde fût pleine, entière. Gorgée de liberté. À présent que j'avais ce paletot à larges épaulettes sur le dos, transportant tout à la fois la maison, le sommier et la couverture, qu'est-ce qui m'empêchait de revenir près des halliers, sur les coteaux ? J'en dansais, le long des berges du Morgon, vers Gleizé, avec, au refrain, les premiers vols de grives qui s'abattaient en chantant dans les vignes.

Je fis la connaissance de mon futur patron en fin d'après-midi. Le ciel, violet au-dessus de nos têtes, s'assombrissait d'orages dans le lointain. Il était venu en tracteur jusqu'au milieu du pré en pente où, allongé sur le dos, j'apprenais par cœur :

Voici venir les temps où vibrant sur sa tige
Chaque fleur s'évapore ainsi qu'un encensoir...

Sans lâcher le livre, je m'étais relevé sur un coude quand il m'avait interpellé, debout sur la pédale, et s'y prenant à deux mains pour passer le point mort. On songeait à Alexandre et Diogène dans le Beaujolais.

– Tu chercherais pas du travail, des fois ?

Il était dans la mouise. Las d'embaucher des routards qui disparaissaient dans la nature, leur première paye touchée, il avait fait confiance cette année à un groupe de vendangeurs constitué, des étudiants parisiens qui tardaient, jour après jour, à arriver. Et la cueillette qui était entamée...

Je rentrai avec lui à la ferme juché sur l'aile du Massey-Ferguson. On n'y voyait presque plus rien dans la cour jonchée de vieux socs et d'une meule à aiguiser. Sa mère, vêtue de noir, me fit comparaître sous la lampe pour inscrire dans un livre de comptes, à la plume et à l'encre, un nom que j'inventai, une adresse imaginaire. Pour l'âge, ce fut le patron qui intervint :

– Mets-y donc vingt ans, à ce garçon-là.

Je le vis sourire pour la première fois.

– Fort comme c'est !

(Les épaulettes.)

– De toute façon, intervint la vieille en séchant le cahier noir, il peut me chanter ce qu'il veut. Les gendarmes passent dans les vignes pour vérifier.

Une étable basse, de l'autre côté de la cour, près du hangar à vaches, avait été transformée en dortoir tel que je le connaissais, les châssis plus rouillés, une seule ampoule 100 watts au plafond. L'un des lits était occupé. Assis droit, les mains bien à plat sur les genoux, un grand homme maigre (je le saurais plus tard : cinquante-six ans), un chapeau enfoncé sur le crâne, son écharpe émergeant des pans d'un veston aux manches trop courtes, Fougerolles. Ce fut la seule chose qu'il dit en tendant la main, et sans se lever. On aurait pu le croire peu bavard. Fougerolles n'était occupé qu'à reprendre sa respiration entre deux quintes de toux. Le moindre mot lui coûtait.

On appelait « À table ! » depuis la maison. Nous mangeâmes au bout éloigné d'un plateau conçu pour vingt-cinq personnes, et lugubrement éclairé au milieu des ombres. Mais le pain était coupé en larges tranches, le vin, disposé avec générosité dans ces bouteilles qu'on appelle par ici des *fillettes*. Le patron en buvait volontiers. J'étais bon signe, disait-il, un de plus aujourd'hui. Demain, des copains, des voisins, des voisines, viendraient lui prêter main-forte. Les Parisiens débarqueraient d'une journée à l'autre. Il s'en sortirait, de cette mauvaise passe !

Par les fenestrons sans carreau de l'étable, au-dessus de nos têtes, la nuit sentait bon la vache, les étoiles brillaient comme à Noël. Je retardais au plus tard le moment de m'endormir, la jouissance du matelas, d'une couverture supplémentaire, diffusait des vagues de bien-être au bord desquelles il était délicieux de rester. Le patron promettait un salaire de cent quatre-vingts francs par jour. Sur une de ces cartes Bordas qu'on accrochait au tableau, mais vierge, je dessinais Le Réchaud, Le Sac à Dos, Le Canif, La Lampe, Le Bonnet, La Tente.

Vers dix heures et demie du matin, on nous distribuait des carrés de gras-double, du pain, un peu de vin, une bouteille pour tous. Nous pouvions alors relever la tête. Des brumes s'étendaient à flanc de coteaux et prenaient, dans l'air encore glacé, des teintes roses. En dessous, le paysage paraissait avoir été décomposé en particules – lesquelles auraient été peintes avec un peu plus de *tourterelle* – puis recomposé. Campés sur nos jambes, nous mastiquions en silence, tournés dans cette direction-là.

Nous, les journaliers, disposions, en guise de sécateurs, de minuscules serpettes au bout d'un manche filiforme, lui-même terminé d'un anneau où l'on mettait le doigt. Ce fut difficile, au début, de travailler avec ça. Le « coup de main » arriva à peu près au moment où Fougerolles en eut besoin. À plusieurs reprises, le patron, ou sa mère, était passé dans les allées rien que pour lui, à un rang de là.

– Ça lambine, disaient-ils. On n'aime pas les feignants. Tu serais pas feignant, des fois ?

Le patron lui avait arraché le coupe-tiges du doigt :

– Tu sais plus comment on fait ? C'est comme ça, comme ça, comme ça, disait-il en faisant tomber le raisin dans le seau à grands gestes rageurs.

Au milieu du premier après-midi, une vingtaine d'amis du vigneron nous avaient rejoints, Fougerolles resta prostré d'un coup, les coudes sur les genoux, le cul en terre. Il râlait de façon inhumaine, des grondements régulièrement espacés et qui provenaient du plus profond de lui. J'étais en avant, je pus finir sa rangée sans qu'on s'en aperçoive, le temps qu'il récupère. Il se remit debout en titubant, l'œil égaré qu'on voit aux chiens épileptiques, leur crise achevée.

Un troisième journalier avait été engagé au débotté quelques heures auparavant, Michko. Il vint se placer lui aussi non loin de Fougerolles après avoir assisté, du coin de l'œil, à une deuxième attaque.

La nuit régnait encore lorsque nous prenions le petit déjeuner, des grands bols de café au lait au bout de la longue table. Après quoi, nous allions affûter nos serpettes à la meule dans la cour. Enfin, nous nous hissions sur la plate-forme attelée au tracteur qui nous amenait, pile à la pointe du jour, à pied d'œuvre.

J'avais oublié mon outil dans le dortoir. Ce ne fut qu'en voyant la couverture de Fougerolles sagement pliée à l'extrémité de son matelas que je me rendis compte de sa disparition. Une boîte en chrome sali, du type de celles utilisées autrefois pour ranger les seringues, avait été posée au milieu du lit.

J'appelai :

– Patron !

Quand il pénétra, massif, dans l'étable, il comprit immédiatement à la vue du grabat.

– Il est parti mourir, dit-il. On le retrouvera dans un fossé. Si on le retrouve.

Cela lui tirait une sorte de fierté, assuré qu'il était maintenant d'avoir eu affaire à un bon ouvrier, au fond. Je devais avoir l'air incrédule, il ajouta :

– Ces *chemineux*-là vont crever dans les bois pareils que les animaux.

Il ouvrit la boîte. Elle contenait un rasoir mécanique, une plaquette de lames, un savon. Protégés par une pochette en plastique, une carte d'identité, un livret militaire. Fougerolles Louis, né en 1919.

Louis, hier soir encore, toussait plutôt que de parler, mais enfin il toussait. Louis déplaçait la poussière sur les meubles, son pas laissait des traces dans la terre et dans l'herbe. À présent Louis n'existe plus, quelques vêtements dans un fourré lui survivront un temps.

– Il faut que je prévienne les gendarmes, dit le patron en prenant les papiers. M'aura fait perdre mon temps jusqu'au bout.

Ces étudiants tenaient de la chimère. Nous avions fini par ne plus y croire qu'à moitié, Michko et moi. Son regard bleu sombre, profond et franc, croisait le mien par-delà le rang quand le patron, mains aux hanches, venait juger notre travail. Menaçant parfois de nous botter le cul. Puis il embrayait, les yeux au ciel, rêveur soudain, sur ces quatorze jeunes personnes, pas que des garçons, qui retardaient chaque jour le moment d'arriver. Après quoi, l'angoisse le saisissait, il en devenait violet, réduit à l'inaction par une sorte de «promesse de vente» et la perspective d'un tarif de groupe.

– Surtout ! les gars, disait-il, vous ne parlerez pas de votre paye.

Il n'était plus venu depuis trois heures de l'après-midi, le soleil rougi déclinait maintenant sur l'horizon des vignes et la masse plus froide des bois. Les baquets pleins s'amassaient en bout de rangs, il en restait tant de vides, nous avions l'impression, Michko et moi, de pouvoir travailler jusqu'à la nuit tombée, jusqu'à ce que plusieurs tracteurs emportent d'un coup la récolte.

Patron souriait, à six heures, au volant du Massey-Ferguson, la remorque remplie de cette main-d'œuvre qu'il avait enfin été cueillir à la gare («Vous avez vu ça ?» semble-t-il demander, en montrant d'un gros pouce jeté dans son dos la cargaison, peut-être bien Dimitri, sur le côté, jambes ballantes au bord de la plate-forme, une guitare sur son genou. Plus certainement Isabelle debout, les pieds sur les tenons de l'attelage, les mains au dossier du conducteur. On dirait une effigie de la République, une Marianne dans l'état de jeunesse, et qu'on sculptera à trente ans. Ses cheveux tracent une mandorle imméritée derrière le crâne de Patron. Les cuisses émergent d'un short en jean, de part et d'autre du siège. Elle porte là-dessus une blouse orientale dont le tissu fin, lorsqu'elle passe à contre-jour, dessine l'ombre chinoise des seins, deux courgettes de Nice, la pointe tournée vers le haut.)

*

Je ne me souviens plus du film ainsi qu'il s'est déroulé, dans sa chronologie. J'ai la fin, manque le début, je le regrette. Les moments qui perdurent sont si vifs, on voudrait que tout fût lié, que surgissent des chaînons dans la lumière particulière autour d'Isabelle, un mélange bleu-blanc-vert, dans le goût que prenaient les choses non loin d'elle, l'eau plus fraîche, le soleil plus radieux et l'air plus transparent.

À quel moment avait-elle décidé d'occuper, avec une copine, les lits voisins du mien? Avait-on déjà commencé de les ennuyer plus loin? Dès lors, j'étais devenu une sorte de talisman pour Isabelle, toujours à portée de sa main. À un mètre d'elle, deux maximum (elle avait remplacé Michko dans le rang de vigne voisin), vivre prenait le pas sur l'Afghanistan. Elle échappait à des propositions, à des situations délicates en me pressant affectueusement l'épaule au vu de tous. Elle ne se résignait pas encore, quoiqu'elle attirât les loups comme une brebis blanche, et que chaque geste pût être interprété ainsi qu'une ouverture, à ne pas poser de questions, à cacher ses enthousiasmes, à ne plus rire, un rire rauque, étonnant, et qui, dans un deuxième temps, vous empoignait d'un coup, là, au sternum, le même endroit d'où il semblait sortir.

Sur la dernière page des *Fleurs du mal*, l'écriture enfantine a marqué « Mercredi 1 : Gleizé (travaillé 4 heures). » Les heures de pluie étant chômées, ça ne pouvait être que ce jour-là. Nous avions dû vendanger le matin, c'est sans transition qu'assise en haut de la charrette inclinée qu'elle a trouvée dans une grange, les genoux repliés au menton, la jupe étirée juste en dessous, elle regarde le rideau de pluie tiré à la place des grandes portes manquantes. Il reste un peu de foin sur les planches disjointes, avec lequel jouer tandis qu'elle parle de ses parents (enseignants en banlieue), de ses ami(e)s, de son petit frère. Elle le tenait pour une plaie, elle découvre qu'il lui manque. Parfois, on n'entend plus que le bruit des gouttières, une fraîcheur envahit la stalle. Quand nos yeux se croisent, je trouve avec surprise dans les siens un assombrissement inconnu, comme si les lumières s'étaient éteintes d'un coup, ne laissant plus apparaître qu'un voile. En même temps, dirait-on, que son visage se creuse d'ombre. Un sourire involontaire, un étirement des lèvres révèle ses dents. Isabelle regarde quelque chose au-delà de moi. Peut-être dans moi ? Et si c'était ce cœur qui se met, dans ce cas-là, brusquement à battre la chamade, en sentant qu'on l'approche ? La chamade : batterie de tambour qui précède, sur le champ de bataille, les conditions de la reddition.

Il semble que l'après-midi atteigne là son apogée aérien, impalpable, dans l'odeur de menthe qui sèche. Elle a été chercher pour moi au dortoir un plan Taride de Paris, un ticket neuf de métro.

– Ça te sera utile, dit-elle. Avec ta mine, tu te feras piéger par des revendeurs à la sauvette, la première fois.

Elle m'entoure à nouveau l'épaule de son bras, mais il n'y a personne tandis qu'elle me fait réciter les arrondissements, 1 Louvre, 2 Bourse, 3 Temple et 4 Hôtel-de-ville... Vers le soir, elle déclare qu'elle s'ennuie. J'ai été chercher, moi, un jeu de dames chez la vieille. Où sont passés les autres? (Nous apprendrons plus tard qu'ils sont allés visiter des chais.) Avant qu'ils reviennent, alors qu'assis en tailleurs tous deux sur le lit, sous l'ampoule 100 watts, nous avançons nos pions – les gouttières ne s'écoulent plus que goutte à goutte avec la nuit – elle réclame un délai pour que nous nous épousions. Quatre ans.

– Tu seras écrivain, et je serai ta muse. Tu écumeras Paris et tu me retrouveras.

*

Le lendemain, le soleil revenu avec un peu de vent éclaire les vignes nettement jusqu'à l'horizon, une camionnette bleue s'est arrêtée en lisière, près du fossé. Un coup d'œil par-dessus la rangée a révélé des gendarmes, un chien. Les vendangeurs les plus proches extirpent leurs papiers de la poche arrière du pantalon. En écartant l'abri des feuilles mêlées de grappes, on peut les voir progresser de façon aussi inexorable que des contrôleurs le long d'un train. Le chien tire sur sa laisse en glapissant. Soudain son ton change, tourne aux aboiements. On entend les gendarmes jurer en s'élançant derrière lui :

– Nom de Dieu !

Une cavalcade dans le bas de la vigne. Puis, dans le silence général, les ahans des fonctionnaires qui reviennent enfiévrés, le chien-loup qui couine en les entraînant cette fois vers la camionnette. Les portes sont rabattues, on distingue cependant des appels grésillant, la radio de bord crachote. Michko s'est barré en courant, droit devant en suivant le sens de la pente.

– M'est avis qu'il vous a rendu un fier service. Vous l'avez échappé belle, non ? susurre le soir la vieille, en servant la soupe.

*

Après l'apothéose de l'après-midi pluvieuse, les rapports s'étaient sensiblement dégradés entre Isabelle et moi. Elle y avait introduit une distance si évidente que sa copine n'avait pu s'empêcher de demander :

– Il s'est passé quelque chose ?

Marianne, vue de dos, découpait son profil justement à ce moment-là sur le mur de la grange des espérances, pour répondre à la fille :

– Je ne supporte plus ses dents jaunes. Il ne se lave donc jamais ?

C'était peut-être un conseil déguisé. Elle jetait déjà un coup d'œil par-dessus son épaule pour s'assurer que je le suivrais. Au lieu de quoi, je traversai la cour en diagonale, drapé impétueusement dans mon manteau

Chagall et ma destinée. Je suis né libre, je ne suis fait ni pour donner, ni pour recevoir de lois, et il existait, au-delà des gorges de l'Hindou-Koush, un pays où des hommes m'accueilleraient comme un frère. Je n'avais que trop temporisé.

– Tu veux partir ? demanda le patron.

Nous nous trouvions debout dans la grande pièce, avant la soupe du soir. Sa mère plaçait les assiettes sur la longue table.

– Après ce que j'ai fait pour toi ?

Il avait bu le vin des chais.

– Petite ordure… Je sors seulement la tête du trou et voilà que tu…

Sa main me rata d'un cheveu. À partir de là commença un ballet étrange, je déplaçais des chaises pour lui barrer le passage, qu'il jetait dans des coins.

– Saleté…

Chacun de ses coups esquivés déplaçait un volume d'air qui flanquait la frousse. Quarante ans à manier l'acier des ridelles, à empiler les caillasses à l'autre bout du champ, à frapper le palan pour sortir le veau de la vache en pleine nuit. À basculer les foudres.

– Ça suffit, cria la mère sans cesser de dresser le couvert. Je lui compte ses journées. Toi, tu remets les chaises en place.

Elle sortait le livre noir du haut placard, rédigeait un reçu à signer. Il avait recommencé de pleuvoir.

– Vérifie ton dû. Maintenant, tu peux t'en aller.

*

Je fis l'ouverture, le lendemain, d'un bazar de Chalon-sur-Saône. Les billets craquèrent en échange de La Tente, du Sac à dos, du Bonnet de marine et du Canif douze lames.

Le lendemain à six heures du soir, dans un immeuble rue de Sèvres, à Paris, Julien, qui écoutait le *Hit-Parade* sur Europe 1, disait que, Génial, il me planquerait dans le placard à balais, il m'apporterait des bananes, le temps qu'il s'organise. Il rajustait toutes les dix secondes les lunettes au-dessus de son nez en signe d'excitation. Sa mère entra à l'improviste pour vérifier ses devoirs et referma la porte presque aussitôt. Nous l'entendîmes (et sa voix était douloureuse) :

– Tu ne te rends pas compte du mal que tu as fait. Je vais prévenir tes parents. Bien entendu tu ne bouges pas. Sauf pour prendre une douche.

La mienne, de mère, me parut plus petite sur le quai. Les cheveux de mon père étaient devenus entièrement blancs. Ils ne me firent aucun reproche.

La télévision était apparue dans la maison. Les trois sœurs, par ordre décroissant, montraient la même figure d'hiver, j'avais encore réussi à prouver que j'étais le mieux aimé, Et maintenant, excuse-nous, l'émission n'est pas terminée.

Maman répétait : « C'est ta seconde naissance. » Elle m'emmena chez le médecin de famille afin qu'il perce les lobes de nos oreilles, y glisse un anneau d'or que nous devrions rouler dans le trou, des jours durant. Ce serait notre connivence. Depuis la fugue, elle paraissait fière de moi. Il y a des parents comme ça.

Le père demanda seulement :

– Qu'est-ce que tu comptes faire, maintenant?

Je répondis que j'arrêtais le lycée. Je l'aiderais au potager, à la vigne. Plus tard : charpentier de marine.

À cette nouvelle, André s'emporta :

– Petit con!

L'Écumeur de rivières

Un Bedford 97760 L, treize chevaux fiscaux, année 1982. Vous l'avez peut-être vu passer sur certaines routes du Massif central, suivi longtemps dans ces courbes en pente, lorsqu'on descend les Grands Causses, la Lozère. C'est le véhicule dont la cabine arrière est peinte sur toute la longueur. Des graffs ou des tags ? La question reste posée.

Les deux voyous qui ont œuvré avaient connu ma fille, Lola, en même temps que les Paradis artificiels, ce qui entrouvre la porte du paradis tout court. On reconnaît de la verdure, en bas – ils n'en ont pas imité, mais on imagine des papillons. « Bob ! » en énorme, surplombe la fresque, inscrit en bandes vertes, jaunes et rouges, les couleurs jamaïcaines.

Les salauds, me faire ça à moi !

De la même façon, j'avais demandé de ne pas écrire d'insultes à l'égard des gardiens de la paix. Il faut un temps pour comprendre, sur un fond de nuit tunisienne, dans un lettrage argent, de cet argent qu'on utilise pour les étoiles d'Épiphanie, *I love chiken* – car il manque le C... Divers aménagements ont été pratiqués depuis. Un bois flotté, fossilisé et verni, solidement arrimé à l'endroit où l'on attendrait des vélos, figure une paire de cornes monstrueuses. Certaines voitures demeurent cinquante mètres en arrière avec une constance qui finit par devenir elle-même inquiétante. J'ai beau ralentir, allumer les warnings. Le pire se produit si je fais signe de passer, par la portière. On prend cela pour une invitation à en découdre. Nous creusons davantage la distance qui nous sépare.

Devant (j'en avais marre de me faire interpeller de manière réjouie par les conducteurs de camping-cars arrivant en sens inverse), j'ai tagué moi-même le nom de « Kosztolányi » en caractères sombres. Ma belle, ma douce, la maternelle, a décidé alors d'intervenir. Il restait un espace vierge et blanc, autant dire une toile déjà encadrée, une vitre opaque. Elle l'a zébrée de façon si apaisée, si claire, si féconde, que, nonobstant qu'il s'agisse d'un autre prénom – et on ne peut plus relié à « Kosztolányi » – ce pourrait être sa signature.

Voilà, cette verdine, ce camion, c'est chez moi, pendant un peu de temps chaque année. Je suis le maître de ça. Normal : je conduis.

*

On écume les bords de rivières, grandes ou petites, cela n'a pas d'importance. On ne peut pas se passer d'eau, je ne parle pas que de moi, le bahut aussi. L'idéal réside dans un torrent en haut des Grands Causses. Il faut mettre la rivière à cul, si je peux me permettre. Épisodiquement, on se refait une beauté dans un camping. Quelle étrangeté, de revoir nos frères les hommes de près. (Je signale que si les adultes effectuent un détour en approchant, les enfants paraissent magnétisés. Saurions-nous quelques tours de magie, ma douce passerait-elle une robe à volants, et hop ! nous ramènerions l'histoire du joueur de pipeau de Hameln à des proportions autrement plus réalistes.) J'ai lu quelque part que les Tziganes, sitôt arrivés, s'occupaient par priorité des bêtes. Je sors des cales, et la boîte à outils.

Ma maison, c'est le monde sur un coup de volant. Ma maison, c'est aussi trois mètres sur deux (3 x 2 m) en perpétuelle invention. Par temps de pluie en oblique, le toit fuit.

Le bord des rivières sert également à ça : réparer. Pour peu qu'on possède un maillet à détordre le fer, on peut aller faire son marché de pièces détachées, là-dedans. On peut même réinventer des mécanismes, rudimentaires, certes, mais qui ont ici une utilité, et dureront longtemps. Emprunter de préférence le passage indiqué : l'arrondi ocre séché des galets géants, qui ne glisse pas, et où le soleil joue des tours. On se penche sur l'eau pour contempler une créature étrange, c'est le ventre blanc d'un poisson s'achevant par la queue frétillante d'un serpent en train de le gober. Certaines fois, on range, on met de côté la pensée obsédante qui avait amené en ce lieu, « linteau de ferraille d'environ cinq millimètres, mettons, entre quatre et sept maxi », on relève la tête. Les arbres forment une voûte de plus en plus sombre à mesure que le regard s'éloigne en suivant la rivière. Tout près, une flaque d'or fauve danse avec langueur, avec une volupté très réelle, au milieu d'un décrochement de la rive, un petit refuge humide, une niche, quasi.

Lorsque cette même humidité règne sur la terre, le camion donne alors sa mesure. On y ramènerait presque du bois mouillé. Depuis la porte ouverte, à l'arrière, terminée par une marche en bois, on a la vision d'un pan de lit, au-delà d'un bric-à-brac de cuisine. Un espace clair, net et chaud, tandis qu'on ôte sa capuche, qu'on délace ses godillots avant de les fourrer à l'abri du châssis. Possible que ma belle soit déjà entre des oreillers, la couverture tirée à mi-poitrine, quelques bougies, un cendrier posés sur la poubelle, sur une planche, et lisant avec avidité un roman français qui vient de paraître. Si l'auteur est un jeune homme, c'est mieux.

Les branches trempées et lourdes s'essuient sur les vitres. Dans les moments de calme, on se surprend à trouver le ciel moins gris entre les arbres. À d'autres, puisque chaque goutelette résonne sur la tôle, c'est un vacarme assourdissant qui laisse à penser que les journaux du lendemain parleront de l'inondation. À l'intérieur, la matérialité reprend doucement la place. Merci, on ne sait qui, d'avoir réussi à endiguer la fuite, et il s'avérerait possible, en collant du carton sur le toit au-dessus du conducteur, dans la cabine, de tendre ce tissu jaune, à l'imprimé rouge vieilli, dit « de Bénarès ». Le goût de la douceur n'est pas incompatible avec celui de la violence. Au dehors, rien n'est joué. Les rivières en crue dans la nuit se sont toujours arrêtées à temps de monter. Je campe maintenant juste en dessous des sommets. On peut défier la peur tant qu'on veut, là-haut, bras croisés, regarder l'orage envahir l'horizon, entendre le son des éclairs se répercuter comme un coup porté à l'extrémité d'un tuyau, un craquement, un déchirement dont le nom de «tonnerre» trop gras, rend mal compte ; les cheveux, de toute façon, *se dressent sur la tête*, et sans notre aide. L'électricité statique.

La sauvagerie, quoi.

*

Ce n'est pas ce qu'on croit. Rien d'*extérieur*, d'agressif, pas de tigre bondissant depuis un fourré – mais un palabre ininterrompu avec telle ou telle plante, l'heure au soleil, la nature de la lumière, les arbres, les murets effondrés. Avec l'homme aussi, mais vu de loin. Dans son effort patient pour contenir le désordre à sa porte. Pour les cloches à vêpres au fond des combes, différentes à trois kilomètres de là, et l'on comprend qu'on puisse dire «son» clocher.

Pour qui sait être attentif, il y a des cadeaux. Les courts plongeons malhabiles d'une bande d'éperviers trop jeunes. Une source d'eau gazeuse perdue, puis retrouvée au milieu d'un pré. Un rouge-gorge vient chercher querelle parce que vous l'imitez parfaitement.

Le soir, il semble que tout le monde ait fini son travail. En quoi a consisté le mien ? C'est une question absurde. En quoi a consisté celui de l'insecte, de la musaraigne, de la buse ? L'heure est dédiée au jour finissant. Chaque brin d'herbe acquiert une autonomie. Le vent passe comme un courrier qui répéterait le même mot de place en place, qu'il ait ou non un public. Les chênes, surtout les vieux, se tiennent au bord de quelque chose. Nous regardons tous en direction du soleil.

On pense fatalement aux Indiens d'Amérique, dans ces cas-là. On entend certains de leurs mots, assis sur les talons, la saignée du bras reposant sur les genoux. Les jambes sont puissantes sur la terre. Une chaleur monte du sexe.

Un instant d'éternité

Nous étions convenus d'un rendez-vous dans six mois, tous les deux. Du courrier avait suivi, dans lequel M. confirmait : à moins que l'un ou l'autre fût sur son lit d'agonie, nous nous rencontrerions à Liège en novembre. À trois jours de la date fatidique, j'avais du temps devant moi. J'aurais pu entamer un travail. Je décidai de me rendre là-bas à moto, par le chemin des écoliers.

J'avais vu large, ou bien je devais avoir perdu le sens de la buissonnière, j'atteignis Charleville-Mézières à cinq heures du premier soir. J'avais effectué les trois quarts du trajet. En ôtant mon casque, je pris la mesure du ciel farouche : plein de vent, jaune à l'horizon, flanqué de nuages esseulés, effilés et bleu nuit. Je ne connaissais rien de la ville, sinon Rimbaud, sa vie, les photos qui l'illustraient dans la collection « Écrivains de toujours » : le quai de la Madeleine, le Square de la Gare, le Vieux Moulin depuis la place du Saint-Sépulcre. Je m'étais garé sans m'en apercevoir devant la bibliothèque. Ce n'était pas la plus mauvaise case pour commencer le parcours de l'étranger, cette variante du jeu de l'oie. Je sauterais directement à la dernière : je fis la connaissance de Maryline.

Elle avait quelques années après vingt ans, pas beaucoup. Elle était employée municipale. Un contrat à durée déterminée. Après le boulot, elle était venue tailler une bavette avec la fille qui s'occupait du registre, derrière le comptoir déserté. Je ne sais pourquoi, d'entrée, je m'abstins de demander un renseignement, des précisions que j'avais en tête. Bien qu'il fît encore jour (par les hautes fenêtres, ce ciel griffé), des lampes avaient été allumées et nimbaient les livres de cet éclat doux qu'on voit aux salles de classe, à l'heure où le pion les transforme en études. On échangea des conneries. Est-ce que je venais de loin ? À un moment – cela dura un quart de seconde, après lequel elle parut gênée – elle laissa traîner son regard dans le mien. Il était fier, il était altier. On dira qu'un regard ne peut être qualifié ainsi, mais : cambré.

Elle était d'ascendance tzigane, compris-je un peu plus tard, au café. Elle eut à nouveau cette belle lueur de défi dans l'œil. Je haussai les épaules. On lui avait appris à cacher ses origines sous peine qu'elle se retrouve, elle aussi, sur les routes, et moi j'aimais les manouches. Les mains potelées de leurs petites filles. Et puis quand elles se penchent vers vous, l'air autant attendri qu'il était indifférent, la minute d'avant. Tu bois trop, disait-elle. Et tu ne dois pas manger beaucoup. Je parie que personne ne te fait à manger.

J'avais un peu d'argent, je voulais la détromper. Nous aurions été au restaurant. Elle habitait un deux-pièces en rez-de-chaussée, non loin de la place Ducale, et refusa que je l'aide, dans la kitchenette où elle s'affairait gaiement. Je fis le tour de l'appartement : Maryline avait en effet du goût pour la cuisine, à en juger par les quelques ouvrages qui voisinaient ceux, guère plus nombreux, de son fiancé, sur les étagères d'un meuble pour lequel ils avaient dû se saigner. L'espace resté libre était occupé par des peluches, des dizaines de peluches qu'encore plus tard dans la nuit, elle me présentera par leurs prénoms. Pour l'heure, elle évoquait son homme en se tournant parfois vers moi au-dessus du passe-plat. Je m'étais attablé devant une bouteille de whisky coûteux (j'avais promis de la remplacer), elle m'apprenait que son compagnon faisait le clown. Je veux dire : vraiment le clown. Dans les petits cirques. Les supermarchés. À l'occasion de fêtes. Il était parti en déplacement. Trois jours. C'était la première fois qu'elle… Enfin, il ne fallait pas que je croie… Ce n'était pas une fille facile.

Je ne croyais pas du tout que c'était une fille facile.

*

Le lendemain, il y avait un petit mot sur la table. Elle avait été obligée de partir tôt. En revanche, elle prendrait son après-midi, si je le voulais bien. Si j'étais encore là.

Je sortis acheter le même whisky, des journaux, des cigarettes. Le temps avait changé, il était devenu noir, cependant sans froidure. Un peu de pluie, le vent, les reflets sur les pavés luisants, la figure de Rimbaud, on avait des visions de fiacres. J'évitais de songer au clown. Pour n'importe qui d'autre, je n'aurais pas éprouvé de remords.

Elle ouvrit grand la porte en revenant, avec brutalité. Elle s'était préparée à ma disparition – une chance sur dix, mettons, que je sois encore là. Elle n'osait pas me toucher. Nous ressortîmes sur-le-champ.

Je n'ai jamais vu la ville comme ça, disait-elle, et moi, c'était la première fois que je la parcourais. Nous avions le sentiment que tout faisait signe autour de nous. Il me semblait que nous marchions sans nous en rendre compte, et d'autres fois lentement, sur le bord de nous arrêter. Elle parlait de ses parents, de son frère qui travaillait en banlieue parisienne. Elle ne connaissait pas Paris, elle envisageait d'y aller au printemps prochain.

Est-ce que je pourrais lui faire visiter ? Au soir tombant, les rafales de vent forcissaient, elle se tourna vers moi, j'ouvris mon cuir, elle s'y blottit. Je sentais sa joue écrasée contre ma poitrine, et son haleine chaude à travers mon pull. Des feuilles valdinguaient depuis des hauts arbres jusque dans la Meuse, et je me demandais, Qui suis-je pour mériter cela ? J'aurais voulu que tout se figeât d'un coup. Mais le cours des choses, pas plus que la Meuse, ne cesse de couler.

J'avais rendez-vous depuis six mois, M. m'attendait. Ce fut ma seule pensée, le jour suivant, quand je rabattis la visière du casque.

Plus tard, je reçus une lettre, à laquelle je répondis. Puis une autre. Et encore une autre. Leur écriture était enfantine, un peu crâne. Enfin, aux beaux jours, Maryline me demanda à nouveau de la guider dans Paris. Je refusai en y mettant des formes.

Le dernier envoi qui me parvint contenait des insultes.

Bien sûr.

Un plaidoyer pro moto

Un automobiliste, sur une route de campagne, l'été. Peut-être son passager vient-il de jeter un nouveau coup d'œil au miroir du pare-soleil. Il lui a semblé y voir briller une minute auparavant un éclat scintillant et lointain. Qu'était-ce, et qu'est-il devenu ? Trop tard. Un seul phare allumé vient soudain d'occuper toute la surface des rétros, de trouer la vitre arrière, cependant qu'à quelques mètres de son dos, à toucher le pare-chocs, les hurlements effroyables d'une bête n'en finissent pas de mourir, cinquième, quatrième, troisième.

Surprise !

C'est nous.

Une ligne blanche empêche de le dépasser. Peut-être s'est-il déjà rabattu sur le bas-côté pour nous ménager un espace, après avoir actionné, cela arrive, les essuie-glaces, les clignotants à gauche, à droite, et sans le vouloir, le klaxon attenant. Nous le remercierons du geste de la jambe brusquement dépliée. Afin qu'il ne croie pas à un autre «pousse-toi-de-là» mieux vaut un hochement profond du casque à la manière jadis austro-hongroise.

Ou bien fait-il partie des sanguins, devant. Il accélère au motif de virilité. Les virages à cent dix, un cycliste manqué d'être écrasé augmentent la température à l'intérieur de l'habitacle. Sur leur siège, une mère, des enfants s'agitent sans parvenir à éteindre la flamme née dans la broussaille, l'espoir de nous semer – nous avons quant à nous ralenti. L'incendie enthousiaste précède le moment où l'automobiliste rate un cédez-le-passage, évite à un cheveu d'être embouti, redresse in extremis, avertisseurs, embardées – louvoiements exténués le long de l'accotement. Doublons large, à petite vitesse et warnings allumés. C'est qu'on aurait tôt fait de nous reprocher, comme les guêpes, d'exister.

Ou bien roule-t-il à la même vitesse. Une méconnaissance du terrain, une incertitude à la bifurcation, le respect de la conduite en agglomération inclinent à la prudence et lui laissent le loisir de nous détailler. Nous grondons en attendant le vert, costumés pour un carnaval nazi, quelques-uns raidis d'arrogance, des jeunes baissent la tête ainsi que les taureaux, leurs épaules rembourrées s'apprêtent. Mais le signal dure (la campagne) et survient après, probablement, la réprobation, une sorte de pitié : nous sommes fragiles, équilibrant sur la pointe des pieds trois cents kilos à la merci d'une poignée de gravier, d'un chien errant, d'*une locomotive qui filait vers le midi.* Il trouve le cou frêle et frangible sous l'intégral, la chair, les membres, les os offerts malgré le cuir – si l'on y pense : du papier de soie.

Juste retour des choses, au fond, pour nous qui l'avons – le sait-il ? – longuement observé. Notre sécurité, en le rejoignant, dépend du choix de son véhicule (nous repérons le *prêté*, à moins que ses parents lui aient donné le leur), de la conversation qui l'occupe, de son tempérament dont on ne nous fera pas croire qu'il change au volant, rêveur, exalté, craintif, procédurier, réfléchi, égoïste, bienveillant, rancunier. Des riens nous mettent sur la piste, son visage vaut confirmation, nous pratiquons au quart de seconde un code de généralités. Qu'il ne croie pas que nous nous poussions du col en ne le regardant pas au feu. Compte tenu des renseignements que nous possédons, et en effet légèrement en surplomb, l'œil à même de plonger dans son sac à main, jusqu'à ses jambes sous le tableau de bord, ce serait de l'indiscrétion.

*

« Chaque fois que passe à fond de train dans la rue un jeune motocycliste, une envie irrésistible me prend d'agiter les bras dans sa direction en signe d'alarme et de l'arrêter pour lui soumettre, avec une politesse extrême, les trois questions suivantes :

1) Quelle heure est-il exactement?

2) Pourriez-vous par hasard me changer cinquante fillérs?

3) Quelle est votre opinion sur le lyrisme tardif de Goethe?»

Dezsö Kosztolányi.
Au jeune motocycliste.

Un chuintement suivi d'un claquement sec, nous avons enclenché une vitesse, éteignant le voyant de point mort. Notre spectateur conçoit-il un regret à proximité de la machine? Un projet? Le passer, finalement, ce permis. Les cuisses d'une cavalière le serrant, lunettes fumées dans le couchant, aller de Catania à Agrigente.

Qu'il ne rêve plus, nous ne voyons rien du paysage.

Ni monument ni belvédère, un arrière-plan mouvant dont on pressent qu'il est ras ou élevé, dégagé ou menaçant de nuages. La nuit merveilleuse qui règne en Arles passe en un bref frôlement; nous résolvons la Brenne en trois couleurs, rose, blond, argent; la mer le long des côtes, les fleuves qui tracent à gauche une frontière, nous soulagent de prendre dans leur direction. Nous ne nous attardons pas, sauf aux terrasses des bistrots où nous laissons la *Bandit* fumer, étonnés d'être si soudain ailleurs, étrangers au pays et à son rythme.

C'est la route que nous aimons. Son grain, ses courbes, les épingles à cheveux qu'elle dissimule dans ses chignons montueux, ses longs étirements. L'instinct qu'elle fait surgir en nous, cette faculté de prévoir, de décider en un quart de seconde. Et, puisque nous sommes toujours là, le plaisir d'avoir eu raison d'être fous. Si doubler était un but en soi, nous serions morts depuis longtemps. Semblables aux archers zen oublieux de leur cible, nous dépassons en vue d'un objectif plus lointain que la destination : l'asphalte en solitaire. À force d'écarter les soupirants de cette peau rugueuse en gravillons et lisse en brai de pétrole, après que nous avons lutté au point d'avoir les avant-bras endoloris, nous accédons enfin à la grâce, le ciel vers Clermont-Ferrand, le Massif central formant son piédestal sauvage. La pesanteur abolie au profit de la loi centripète, il nous semble avoir déjà survolé ces villages, ces champs, ces bois, d'un simple mouvement du poignet.

Bien sûr que la vie est un rêve dont nous ne nous réveillerons pas.

*

Les statistiques des assureurs sont formelles : nous sommes sept fois plus de tués que chez les autres conducteurs. La fréquentation d'une fin rapide épure nos états d'âme et prête aux préparatifs quelque chose d'une cérémonie. Nous déverrouillons l'antivol, fermons notre blouson, nous coiffons du casque, enfilons les gants avec des façons de moines soldats. Où va notre regard, visière remontée, au moment où nous enfourchons l'engin? barbares qui humons la direction du vent dans les banlieues.

La plupart d'entre nous ont économisé sur des salaires à qui l'on voit les côtes pour en arriver là. Nous «touchons» – c'est le terme des concessionnaires – notre première moto en continuant d'habiter chez nos parents, ce qui réduit les frais. Pareille modestie se reproduit au niveau des indicateurs, sous le plexi, où ne subsiste plus, à côté du liquide des freins, que le compte-tours (au reste, les kilomètres-heure nous intéressent moins que l'allure ordonnée par la route, ce commandement subtil qui laisse à deviner les flics postés, et, à l'envol d'oiseaux trop tard surpris, qu'on va *vraiment* trop vite). Opaque est notre caractère. Cancres tôt près d'autres radiateurs, on ne donnait déjà pas cher de notre peau. Et si, au mépris des conventions, nous n'avions pas les mêmes valeurs? Nous retrouvions notre cambrure une main à la hanche, et l'autre au guidon bas de la Malagutti, à agacer tout le monde. Au final : à n'ennuyer personne.

Nous plairions à des filles. Lu dans un chiotte, à Rennes : « J'aime Yan, surtout sur sa moto. » Moi aussi. Réservé, farouche au point de n'avoir parfois qu'une selle monoplace, il pèse ses mots en buvant un demi. Ses yeux en signifient plus long, plus loin vers l'absence. Il lui arrive d'éclater d'un rire candide. On dirait un permissionnaire. Un sursitaire. Il en profite pour allumer une cigarette.

*

Nous avons d'étranges compagnons, depuis peu, sur les routes de France. Ni d'autres motards qui adressent le signe en V, ni des taverniers avenants qui conservent, entre des cartes postales où sont des femmes à poil, les photos des bécanes auxquelles ils ont dû renoncer. Mais ces silhouettes découpées, peintes en noir, plantées aux intersections, dans les virages dangereux. Quelquefois trois, épaule contre épaule. Avec un cœur saigné d'une flèche (Lozère), les mains dans les poches (Médoc). À Rochefort, on leur a dessiné des sourires à la peinture. On renouvelle, près de Pau, des fleurs fraîches à leur pied.

Des personnes ont péri ici précisément, désolé pour les proches. Leurs fantômes, toiles d'araignée aux aisselles, sont censés inspirer la prudence. Nous n'ignorons pas qu'il s'agit de familles éblouies par des phares, de jeunes gens au sortir d'une boîte. Nous les tenons, nous, pour frères d'armes, camarades de camarde. Nous leur adressons le signe que

Les Disparus de Saint-Agil réservaient au squelette près du tableau, quand ils entraient en classe, « Salut Martin ! » Ils pèsent peu. Une fumée. Le simple bout de bois fiché en terre des tombes musulmanes. Nos vanités. La stèle est anonyme et sans date. Nous aimerions y voir marqué : « Nous recherchions l'oubli ».

*

Vert.

Le temps pour le conducteur de tendre le cou, d'embrayer, nous sommes partis (nous partons toujours les premiers). Première, deuxième, troisième. Nous avons disparu des consciences avant même d'être hors de vue.

Une ombre est vite passée.

Anne Deux

Elle conduisait ce matin-là son cabriolet Alfa Romeo rouge, modèle 1974, sensiblement le même que celui où Jack Palance offre une place à Brigitte Bardot à la fin du *Mépris*, n'eût été une jupe devant, pourtant d'origine, qui frottait dans les virages à droite. Elle me l'avait prêté une paire de fois sur les routes de Corse, et je m'étais montré incapable de le relever comme elle, hop, à l'ultime moment, un certain balancement de la hanche pendant une rumba. Lorsqu'elle y parvenait avec une grâce et un moelleux plus profonds que d'habitude, Anne Deux arborait un demi-sourire de contentement à son propre usage, un coin de la bouche remonté de façon sauvage.

Nous roulions capote baissée à flanc du San Petrone, sur la route qui va de San Lorenzo à Borgo, et bifurque ensuite vers Morosaglia. Elle débrayait double au moment exact où, dans une symphonie, après une exténuation, on attend que le mouvement reprenne. Elle portait un foulard pour contenir sa chevelure crétoise, en volutes. Ses lunettes de soleil tendaient en même temps que son buste vers le pare-brise du *spider* dans les longues accélérations. Parvenue en haut d'une côte, elle s'arrêta sur le bas-côté en faisant jaillir un nuage de poussière. Un embranchement l'avait surprise. Le jour se levait de l'autre côté de la Castaniccia, qu'elle prononçait « Casta*niche* ».

Il y avait autant de monts devant que derrière, baignés dans un éclat rose, le ciel d'un bleu de Marie par-dessus. Pourquoi ai-je pensé à ce moment-là que nous étions très exactement au mitan de notre relation, à son apogée ? Quelle prescience, venue de l'école d'aimer, qui est celle des signes ? Nous venions de passer deux ans ensemble, qui avaient été *crescendo* ; nous nous apprêtions à en vivre deux autres, qui descendraient en effet vers la mer où tout se dissout.

Déjà un vieillard courbé surgissait comme un Indien de la colline, à pas souples et mesurés. Quand il eut fini de donner des explications à la conductrice, ce qui fut long parce qu'ils étaient du même pays, et que, dans ces cas-là, on part à la pêche aux nouvelles :

– Vous voyez ces cailloux ? demanda-t-il.

Il tenait entre le pouce et l'index un éclat de roche vert venimeux qu'il venait de cueillir à son pied.

– Ils crèvent les pneus des voitures. Si vous en rencontrez, il *convient* de les ramasser.

*

Elle s'appelait vraiment Anne de. Un jour qu'elle fouillait des cartons, dans l'entrée de son appartement à Paris, un anneau à peine orné avait roulé sur le plancher ciré. Sa bague de marquise.

Qui l'emportait, du comte ou du marquis ? Elle prétendait ne pas le savoir. Je me refourrai au lit avec une encyclopédie. C'est, par ordre décroissant : prince, duc, marquis, comte, vicomte, vidame, baron, banneret, chevalier, trouvère, plombier.

Je croyais, au début, qu'une particule doublée d'une taille mannequin facilitait une carrière. Faut-il avoir soi-même l'esprit trouvère pour imaginer une chose pareille. Le nom que vous portez vous place d'abord sous le jugement de vos pairs ; il détermine ensuite l'attitude des personnes qui n'en font point partie, soit qu'elles forgent une image dont vous n'échapperez plus, soit, dans la plupart des cas, qu'elles cherchent à l'avilir, à le dominer. Anne avait songé durant l'adolescence à changer de patronyme. Mais quoi ! Faut-il, vaincue par avance, baisser la tête, arrondir le dos, rentrer les épaules, ainsi qu'on est tentée également de le faire quand on mesure un mètre soixante-dix-huit ? Elle avait cultivé autre chose en même temps que l'art de se tenir cambrée sans affectation : la douceur. Comment pouvait-on lui en vouloir d'être Anne de, ou de la regarder depuis en bas ? Une fois abordée, elle vous écoutait autant qu'elle prenait soin de vous, à travers dix détails attentifs.

J'ai entendu parler un plombier, qui partage la vie d'une sang bleu. Je suis désolé de le dire – il faut en discuter avec eux pour le savoir, encore les meilleurs d'entre eux sont-ils les moins bavards à ce sujet, avec une vertu qui les honore – des plombiers, des peintres, des facteurs connaissent les femmes. Beaucoup. Quand elle eut jeté son dévolu sur lui, l'aristocrate ne lui demanda qu'une chose : la fidélité. Finies, les incartades. Il avait tenu bon. Il le disait sans honte et sans fard. Il l'appelait, quand il parlait d'elle, « madame ». Et nettoyait devant son perron le dimanche.

Je le comprends. Anne avait de ces dignités. Côte à côte, dans les allées des jardins en hiver, elle glissait un bras sous le mien afin que je le recouvre, en signe d'autorité.

*

On entend parfois des hommes dire que les femmes leur ont tout enseigné. Je suis sûr de ce que je lui dois.

Le soin. L'obstination minutieuse, penchée sur de petits travaux jusqu'à ce qu'elle en vienne à bout, amnésique de l'heure. Rien n'était a priori trop lourd pour elle, trop long, trop difficile, trop compliqué. Elle mettait la même ferveur au service des reportages qu'elle effectuait pour la radio. Au point, lorsqu'elle partait pour Strasbourg ou en Argentine, qu'on craignait pour sa vie. Peu de choses résistent à une volonté scrupuleuse, c'est une leçon qui porte, une masse à la main, devant la souche de poirier où vibre encore le coin. Éclatera ? Éclatera pas ? Éclatera. C'est marqué.

Elle m'aura appris à entendre. Les sons, les voix, la musique. Je ne savais pas, avant quarante ans, que la musique abolissait le temps. Ce qu'elle fait en nous, cette prise au ventre, cette ouverture dans le toit. Anne ne s'en rendait pas compte, elle avait toujours baigné dans une culture musicale, parents avertis, chant, harpe, piano, elle était abonnée aux spectacles... Elle contemplait ma bâfrerie avec un étonnement de jeune mère.

C'est qu'elle m'aura appris à marcher, aussi. Longtemps. Loin. En forêt, pour atteindre au cœur des endroits délaissés. Elle allait devant dans les sentiers, en short le plus souvent, au rythme implacable de ses longues cuisses reliées un peu plus haut que la moyenne au bas du dos. J'étais envieux de la seule personne qui, disait-elle, avait dépassé son allure, un Tchèque, dans les montagnes chiliennes.

À vingt-neuf ans, elle possédait cette faculté de pousser un cran plus loin les limites admises. Jusqu'alors, j'étais absolument convaincu de connaître le travail, la marche ou la musique. De posséder, même, une certaine culture. Raté. Un renseignement vaut ce qu'il vaut, c'est-à-dire pas grand-chose. D'où tenais-je mes sources? Quel moyen y avait-il de vérifier immédiatement?

Les premiers temps, je découvris que j'avais trop souvent écouté le commentaire de commentaires, et accordé une confiance paresseuse envers des êtres doués d'autorité. Dans un deuxième, cela s'avéra passionnant, de confronter les provenances. Cet en-avant dont faisait preuve Anne de, à chaque information, tant par goût que par professionnalisme, seule l'étymologie de la chose, son origine, ce pas en arrière, pouvaient y répondre. Le fondamental l'emporte sur la dispersion, le noyau sur l'écorce. Où est le juste point entre le renseignement extérieur et notre intime conviction ? Les derniers temps, lorsqu'elle demandait : « Où as-tu été pêcher ça ? », je répondais : « Chez moi. »

Les piles de livres près des lits ouverts, l'après-midi. Le soleil dessine au-dessus un rectangle plus clair dans le blanc du mur. Des livres pour un oui pour un non. Pour leur couverture. Pour trois mots attrapés en dessous, derrière.

Ses goûts en cuisine. Elle avait passé plusieurs années en Italie, elle préparait des spaghetti *alle vongole*, des *calamari fritti*, des *penne* dans lesquelles elle incluait au printemps des *carciofi*, ces minuscules artichauts violets qu'on débarque dans la brume, le matin, sur les marchés de Venise, cultivés dans des journaux en bandeaux afin qu'ils ne prennent pas la lumière.

De mars à octobre, elle portait des sandales qui laissaient apparaître ses pieds sans apprêt et brunis. Les mêmes qui avaient monté le chemin poussiéreux de la vallée des tombes à Tadmor, Syrie, faisaient un drôle d'effet posés sur la moquette, devant la machine à café d'un couloir du quai Kennedy.

Nous sommes peu de chose. Quelques détails nous séparent de nos congénères. Ce sont éclats brillants, morceaux de verre réverbérant le soleil. Ce qui reste de la maison dans les décombres de l'incendie.

*

Deux sortes de photos, chez les amants, celles qu'on prend, et celles qu'on n'a pas prises.

Deux, d'elle : sur la première Anne sourit, pleine, confiante, amoureuse, donnée. Une terrasse de restaurant près de Marseille, deux fils tiennent sur ses épaules ciselées un vêtement léger, au crochet, ses cheveux recommencent de pousser, après une période où elle voulait tellement avoir l'allure sérieuse. Il y a une anse en contrebas, des *pointus* à l'anneau. Je me rappelle, nous évoquions les poèmes de Jean-Luc Sarré, son sourire se double d'un autre en le relisant :

mais ça fait comme une côte sur la mer à présent,
cette découpe à l'horizon, c'est vraiment ressemblant,
alors on cadre, les nuages prennent la pose, on encadre,
le bateau échoué au sommet de l'île a disparu
derrière les arbres, le ciment des immeubles,
les pensées empotées frissonnent sous nos yeux,
aussi le linge à l'étendage, les soucis.

La seconde doit être de son père. Ce n'est pas possible, autant de nimbe autour de la jeune fille qui figure là, en noir et blanc, sur une chaise longue, les genoux au menton, et qui lit, dirait-on, en *ânonnant*, les longs cils baissés et la bouche entrouverte.

Sur la plupart de celles que je n'ai pas prises, sa silhouette d'adolescent longiligne se découpe nue contre la fenêtre. C'est une chambre d'hôtel à Berlin, à Florence, à Issoudun, à Alger. La rumeur monte de la rue en dessous, à Beyrouth ; on voit en arrière-plan les bosquets vert foncé d'un jardin à Stockholm. Ou bien elle glisse sur le plancher de son appartement. Elle aimait se promener nue, à l'abri ou non des rideaux de percale. Je me disais, les bras de chaque côté du corps, les mains bien à plat sur le drap, que je l'engrangeais pour toujours.

Gagné.

*

Le théâtre était poussiéreux, désaffecté. Anne a grimpé sur la scène dont elle a pris la mesure en souriant, le travail, on l'a vu, ne lui faisait pas peur. Après quoi, elle a tapé du pied, mains aux hanches, et crié « Méditerranée ! » Aussitôt les rideaux, de chaque côté, ont poussé vert, orange, noir luisant. Les étoiles au plafond se sont mises à briller davantage. Elle a allumé des bougies par centaines, créant des recoins d'ombre captieuse, son profil jouait sur l'écran irrégulier, crépi et chaulé, de sa chambre en Corse.

Avec elle, c'était la danse des sept voiles. La cerise du soleil couchant sur les roches rouges, aux *calanche,* contrebalançait l'éclat trop blanc de celui de midi, au flanc des tours qui gardent les *Finocchiarola.* Elle portait des maillots de bain italiens, à bandes de couleurs et qu'on noue dans le dos. Au passage de l'Alfa, des gamins, les mains en porte-voix, s'étonnaient de nos places respectives : Anne au volant, et son passager.

À Corte (qu'on prononce aussi Cort*i)*, sous la citadelle, attirés par une musique, nous poussâmes la porte d'une église. Une chorale d'hommes sans public entonnait sous les voûtes des *paghelle.*

Le matin, avant la chaleur, je fauchais sous les oliviers et le long des restanques comme Pierre, un voisin, me l'avait enseigné. Au centimètre carré. Petit à petit. Il *convenait* de relever l'herbe à main gauche, munie d'un bâton fourchu, puis de la couper à droite avec une serpe. Le bâton empêchait qu'en cas de maladresse, la serpe entamât le tibia. Son regard, au crépuscule, quand elle vint juger du travail, voilé d'une tendresse presque douloureuse parce que j'avais adopté, tout le jour, l'un des rites locaux.

Le soir venu, sur la terrasse, elle ajouta des lampions aux bougies, plaça sur la table de la confiture de figues, des dattes, des clémentines. Elle portait une gandoura d'où émergeaient ses membres minces, café au lait, constellés de grains de beauté, et veillait à ce que son homme ne manque de rien. Je l'appelais « la fiancée au front ceint du bandeau ».

*

En juillet 2002 parut en supplément du *Monde* une nouvelle d'Emmanuel Carrère, intitulée « L'Usage du *Monde* ». Texte étonnant, inaugural de la littérature « performative » puisque au moment même où nous lisions son auteur, celui-là s'adressait à son amie, assise, elle, dans un train dont il donnait les références, et l'incitant, pan par pan, à aller se toucher aux toilettes. Le « pan par pan » était assez précis, ou bandant. Cela valut au médiateur du journal d'apparaître pleine vitesse et pleine page quelques jours plus tard. Il y eut des désabonnements. Enfin, dernier article, une journaliste relata comment elle avait suivi Emmanuel Carrère, ce jour-là, où il voyageait, surprise, dans le même TGV, sa déception.

Il y avait un bémol dans cette nouvelle à la fois enlevée et tenue. Cela s'entendait à l'oreille. Comme une faille, une lézarde. Une phrase en fin de paragraphe, isolée sur la crête, avant que le récit reprenne. « Que tu ne m'aimes plus, que je ne t'aime plus, que nous ne soyons plus ensemble, que cette surprise innocente et légère se transforme en quelque chose de triste ou, pire encore, d'embarrassant. »

Il n'y avait, là non plus, aucune raison de prendre ces mots à notre compte. Cependant, à mesure que je les relisais, les gravant en moi, je voyais apparaître au-delà d'un nuage le visage fatigué d'Anne. C'était donc ce qui nous attendait ? Les larmes, la crainte d'ouvrir la bouche, les termes devenus si épuisés qu'on n'en choisit plus un. La sensation, côte à côte, d'être en effet pire que des inconnus, deux individus gênés de se retrouver dans une même pièce, au souvenir des envols dont ils ont été capables ?

*

Elle avait noté pour elle seule que des pays sombraient dans le chaos à son passage, ne lui ménageant assez d'espace que pour s'en échapper. Elle avait connu une insurrection au Venezuela, une attaque contre des fermiers blancs au Zimbabwe.

Elle s'apprêtait à vivre plusieurs années en Argentine, j'aurais atterri tous les six mois, le courrier porte à un haut degré l'incandescence, et, si l'on aime agacer des blessures, l'absence peut se révéler un sentiment cruel et délicieux.

À peine avait-elle trouvé un appartement à Buenos Aires et s'y était-elle installée que des troubles éclataient. Le peso, incapable de maintenir sa parité avec le dollar, chutait vertigineusement. La population descendait dans les rues à minuit pour manifester, tapant sur des gamelles. On pillait des supermarchés à Rosario. Le président De La Rua sauta, remplacé par un autre qui ne dura que quelques jours. En France, cette année-là, Noël partagea la une des journaux avec le spectre des cadres argentins qui fouillaient les poubelles à la sortie du bureau, tâchant de ramener de la nourriture dans leur attaché-case.

Ce ne fut pas la raison pour laquelle elle revint, deux mois après son départ. Si, à Paris, son déménagement avait bloqué une rue, elle ne rentrait qu'avec un sac à dos de randonnée chilienne contenant des habits trop minces pour la saison. Sans argent, sans emploi, une correspondance découverte, deux familles lui avaient tourné le dos, dont la famille de.

Une amie lui prêta un canapé, un autre lui sous-loua un bout d'appartement. Au bout de quelques saisons, Anne tenait son chez-elle vers Bagnolet, une pièce en long, avec un coin cuisine et un balcon sur lequel des plantes en pots étaient accrochées un peu partout. Elle avait trouvé la table, les chaises dans des bennes, les avait décapées. Elle s'était entichée de la soupe *phô*, minutieuse à préparer et fraîche à l'œil, qu'elle servait au milieu des bougies, des serviettes de couleurs et des fleurs.

Ce fut dans ce décor que je vis que le noir avait gagné, après un été de pleurs et d'embarras. Par petites touches discrètes. Ici des sacs de voyage anthracite, là un crêpe recouvrant l'ordinateur. Elle-même portait un sombre costume d'homme.

– Et ne va pas te suicider! criai-je dans le couloir tandis qu'elle s'enfuyait. Ça ne sert à rien. Je peux me blinder. Tu sais très bien que j'en suis capable...

Les tempéraments destructeurs existent. C'est peut-être elle, ou moi. Ce sont peut-être les deux.

Les *paghelle* qu'elle m'avait enregistrées ne me tirent plus de larmes. À leur place vient un *fado* chanté par Misia.

Il dit que nous n'aurons plus jamais cet âge-là ensemble. Comme nous étions heureux dans l'éclat rouge des rochers. Le passé ne reviendra plus, la mémoire est fidèle.

Alors, quand la souffrance rue à l'intérieur du ventre,

Sang et or.

France : 1 – Angleterre : 0

Le chemin de fer joue une part importante dans de nombreux récits anglo-saxons. Voilà une généralité dont il convient de se méfier. Citons cependant, à titre d'exemple, cette histoire fameuse outre-Manche : un Anglais rêve devant les paysages d'Écosse dévorés par le soir, à travers la fenêtre du compartiment où il se trouve seul. Arrive un voyageur bien mis qui demande la permission de s'asseoir sur la banquette en face. On la lui accorde sans le regarder vraiment. Au bout de quelques minutes, on entend les toussotements du nouveau venu, qui préludent à la conversation :

– Vous croyez aux fantômes, *sir*?

Le temps de se retourner, l'homme a disparu.

Le 2 mai 2003, je pris le TGV 5218, départ à 13h59 de Marne-la-Vallée-Chessy à destination de Libourne, arrivée prévue à 17h40. J'ignorais que ce train desservait autant de gares, c'étaient des arrêts toutes les demi-heures. J'avais emporté un roman, j'en fus bientôt distrait par une discussion, deux rangs derrière, une discussion en anglais. Une langue très pure pour lui, ainsi qu'on l'apprenait en classe, et qui fit que je le compris intégralement ; moins accessible venant d'elle, qui avouait un certain âge avec une telle gamme dans la voix, glissendos, précisions tintantes, étonnements feutrés, qu'elle faisait naître une écoute propre à des stations de radio. France-Culture ou France-Musiques, mais sans la traduction.

La situation était injuste. Si je me trouvais, moi, dans leur mire, je ne pouvais les voir, à moins de regarder effrontément par-dessus mon dossier, et au vu d'une vingtaine de personnes orientées comme eux. Tout dans leur diction, leurs propos, l'élévation de leur conversation, laissait à penser qu'il s'agissait d'amis de longue date, fréquentant les mêmes individus. Une sorte de jeunesse donnait à l'homme une fougue dans le choix des sujets (et de ses détestations) ; une patine arrondissait, dans les analyses de la femme, les jugements trop tranchés de son compagnon de voyage. Leurs sujets étaient nombreux, variés, pertinents, informés. Je regardai autour de moi, nous ne nous trouvions jamais qu'au milieu du wagon fumeurs de deuxième classe. J'en concluai que nos amis avaient trouvé abri au milieu de la populace illettrée, bruyante, malpropre, afin de pouvoir librement – *name dropper*? Proposons *name dropper*...

Je ne me trompai pas. Bientôt il fut question d'un Premier ministre québécois. Le Québec, la France, il fut bientôt question de la France.

– Vous savez, disait l'homme, à quel point c'est agréable de travailler avec les Français ? Une fois que vous avez compris leur unique préoccupation, qui est de satisfaire à leur amour-propre, ce n'est pas si difficile, Sarah. Ils sont sans doute foncièrement incapables, ils feraient n'importe quoi pour *mériter* leurs salaires. Pour *gagner*, comprenez-vous ? Leur fierté... Vous obtenez ce que vous voulez d'eux avec ce, comment disent-ils ? *Trait de caractère*.

Pertinent, mais désobligeant.

Bientôt, baissant le ton d'un cran, il fut question d'un ouvrier local, dans la propriété de monsieur. Il avait mis quatre jours à réparer un point d'arrosage. Je reconnais bien là un de mes compatriotes, mais enfin le pauvre bougre que l'Anglais détaillait avait été convoqué en janvier pour un robinet extérieur.

Quand il gèle, va-t-en toucher au cuivre dehors. Tu niques la tuyauterie.

L'ouvrier venait tous les jours guetter le dégel. À bout de prétextes, il embarquait son épouse.

– Vous les auriez vus tous les deux pressés devant la cheminée, ils n'attendaient qu'une chose, que je leur offre l'apéritif.

J'eus malgré moi des signes de nervosité. Je commençai de les regarder à la dérobée.

– Est-ce que vous avez imaginé qu'on pouvait nous écouter ? demanda la femme.

Il y eut un silence. Ils parurent peser le pour et le contre. Je sentais son regard à elle glisser le long de mon bras ; celui de monsieur, sur mes vêtements, qui sont ceux d'un accessoiriste moto.

– Il me rappelle... commença-t-elle.

– Ne vous inquiétez pas, la coupa-t-il. Il s'agit là d'un *prolétaire*. Ce type s'admire en nous faisant croire qu'il comprend l'anglais. Ses attitudes. La tête renversée sur le dossier du siège, les yeux mi-clos, trop manifestement tendu vers nous, enfin, vous voyez...

Alors le train s'arrêta et monta à bord un sacré joli brin de fille. Dix-sept ans ? Elle portait des lunettes qui ne parvenaient pas tout à fait à lui donner l'air sérieux, l'air de lire. Des chaussures, un pantalon d'enfant décourageaient de noter des formes qui s'élançaient. Nous sommes sur la corde raide : elle peut très bien la jouer Lolita. Ce n'est pas le cas.

Je cherche son compagnon sur le quai, je le trouve. Il suit sa progression d'étai en poteau, depuis le quai. Il a le même âge, celui où, chez les garçons, c'est injuste, la beauté se morfond encore, peine à trouver ses marques, un creusé. Là-dedans, deux yeux immenses et noirs d'être enfiévrés rassurent. Leur feu témoigne d'une détermination si implacable qu'elle intimide. Le mec – car c'en est déjà un, donc – irait au bout du monde pour elle, malgré le froid et l'obscurité. Donnez-lui des obstacles, des gros, qu'il les fasse péter.

Bijou a pris place au milieu d'autres jeunes gens qu'elle rend maladroits. Elle insère en s'excusant de façon inaudible son gros sac dans le rayonnage au-dessus.

J'ai sorti mon carnet, et je prends des notes. Ma jambe gauche en tremble. C'est ainsi quand je veux écrire à une allure qui me dépasse, je n'y aurais pas été attentif sans la réflexion de Sarah :

– Attendez, ce n'est pas un prolétaire, ce type est différent.

– Merde, il note, dit l'Anglais.

– Je vous l'avais dit...

– Oh, merde, vous avez raison. Saleté de Français. Il écoute depuis le début...

(À voix plus haute :)

– Tu sais écrire ?

« Allez, montre-nous que tu sais écrire. C'est bien, tu as été à l'école...

« Vous savez ce qui est terrible, avec les Français (je recopie fébrilement), c'est qu'ils sont hypocrites. Jusqu'au bout, il fera semblant de ne pas nous entendre. »

– Il me rappelle… continuait-elle. Vous avez connu Willy ? Quel charmeur. Il était un peu fou…

– Willy était *malade*.

Des annonces, dans le haut-parleur, prévenaient qu'on arrivait à une gare – je répète qu'elles étaient nombreuses sur le parcours, Sarah et lui auraient pu à chaque instant regagner les première classe, descendre et vérifier que nous étions lâches. Je ne les avais toujours pas regardés franchement.

– Oh ! s'exclama-t-elle en me voyant arriver tout à coup sur eux.

Elle fit une chose étonnante : elle cacha son visage dans ses mains. Dommage. C'étaient de longues mains qui avaient connu le soleil sous pas mal de latitudes, au bronzage souligné par un bracelet en or, très belle bague verte. Monsieur correspondait à l'image d'un *golden-boy* londonien atteignant la quarantaine. Des personnes montaient, au milieu desquelles je gênais. Je me penchai vers eux, et, dans un anglais appliqué :

– D'accord, dis-je, c'est vrai, j'ai tout écouté. Je ne partage pas, monsieur, vos points de vue sur nous, j'aimerais bien en discuter. Madame… Votre voix, ah ! votre voix ! Mais je suis dans le passage. Voudrez-vous un café dans la voiture-restaurant ?

Les doigts restaient plaqués sur la figure. Monsieur tendit les siens :

– Je ne comprends absolument pas de quoi vous parlez, lâcha-t-il dans un français impeccable, sans accent, et serrant la main comme on donne congé.

Je restai abasourdi, c'était imparable. En remontant l'allée – avais-je au moins envie d'aller au bar, maintenant, ou n'étais-je pas plutôt contraint d'afficher une contenance ? –, je clouai par l'imagination l'Anglais à la paroi du wagon, je me donnais le luxe d'hésiter, des gifles ou lui casser les dents ? Des yeux quittant le plafond, calmé, j'eus une vision venue de l'étranger : des individus petits, noiraudss, s'interpellaient depuis les tables jusqu'au comptoir. Quelqu'un envoyait un mot qui déclenchait des rires. Des conversations s'engageaient à l'unisson d'un bourdon breton, les appels du serveur, « C'est prêt ! »

Quand je revins, Bijou se hissait sur la pointe de ses *Vans* pour ôter le lourd bagage du rayon supérieur. Un importun brandissait sous son joli nez un billet avec sa place marquée dessus.

Le sac pesait vingt kilos – des livres, à présent que j'y pense, peut-être des livres. Elle me laissa le prendre sans remercier.

– Un peu plus loin, dis-je. Deux sièges de libres…

Dès que nous lui tournâmes le dos, assis côte à côte, nous pûmes entendre l'Anglais souffler :

– Regardez le Français, fantastique ! À présent, il va *conter fleurette*…

– Vous êtes montée dans le train au moment où j'étudiais la vie des animaux félons, commençai-je. Cela m'a distrait, j'ai vu votre ami sur le quai. Il sera beau garçon. C'est déjà un vrai. Mais que signifie « vrai » ? Pur ? Dénué d'arrière-pensées ? Sauvage, avec cette fougue qu'on lit dans ses yeux…

Bijou écoutait, docile, profil de communiante sur les médailles.

– Je continue ?

– Oui.

– Comment appelle-t-on ça ? Le tempérament, peut-être. Et qu'est-ce qui nous le rend à ce point attachant ? Car, l'analyserions-nous, nous n'en dégagerions que des obstacles à l'intelligence : l'orgueil, la témérité, l'imprudence, l'impétuosité. Autant de portes ouvertes aux bêtises. Pouvons-nous imaginer d'aimer, cependant, des filles ou des garçons qui en manquent ?

– …

– À l'inverse, voyez-vous ce couple d'Anglais, deux rangs derrière nous ?

Elle se retourna discrètement.

– Ils nous observent.

– Je m'en doute.

Qui, de nous deux, vingt minutes plus tard, détourna l'attention de l'autre ? Nous arrivions à proximité de Libourne, notre destination commune. Nous prîmes alors la portée du silence qui régnait dans la rame, un froissement de bonbon aurait suffi à le corrompre. J'avais parlé en français, comme si nous avions été seuls, et raconté le Québec, France-Musiques, « Montre-nous que tu sais écrire », les longues mains de madame, l'esquive de monsieur.

Les voyageurs, au passage de Bijou, prenaient enfin la mesure de sa cambrure tandis qu'en arrière, dans la travée, je me chargeais de nos sacs.

Nous croisâmes l'Anglais devenu rouge. Sarah avait cette fois plaqué son front contre la fenêtre.

Me penchant à nouveau vers eux :

– Je suis le fantôme du train, dis-je.

Frère Jean

La première fois que je le vis, Jean Rolin montrait son dos, sa nuque. Il était assis à la table d'un studio d'enregistrement, interrogé par des critiques. J'attendais mon tour en régie, de l'autre côté de la baie vitrée. Un troisième écrivain, arrivé avec un peu d'avance, gardait la porte. On aurait dit une de ces chambres d'hôtel que décrit Jean, où nous nous croyons seuls avant que l'esprit convoque nos prédécesseurs et ceux qui suivront. D'un coup la moquette paraît sale et les velours usés.

Je n'avais lu de lui qu'un ouvrage étrange, *Journal de Gand aux Aléoutiennes*. Je savais qu'il était journaliste au quotidien *Libération*, et frère cadet d'Olivier, qui connaît de plus gros tirages. Les voix, depuis les haut-parleurs de la cabine, gagnent en ciselure et en capitonnage. La sienne, bien que profonde, assurée, commençait, après un silence suivi d'un bruyant soupir, avec l'élan juvénile des lieutenants français dans les films des années soixante, « C'est rudement chic de ta part, mon vieux... » ou bien « Comment cela, Berthelin, tu ne viens pas avec nous ? » Elle continuait impeccablement, subjonctives, conjonctives – sans se tromper ensuite entre subjonctif et conditionnel, laissant apercevoir l'appareil étincelant de la syntaxe, qui est en nickel chromé. Elle choisissait, parmi les nombreuses cases à notre disposition, les mots les plus précis, les mots qui sentent bon avoir été glanés dans la forêt des livres, livres d'histoire, d'oiseaux, de marine. Sa langue était si littéraire qu'un seul anglicisme glissé au milieu, voire un mot grossier, tirait un sourire jouissif. L'humour entrait en scène avec la canne et le chapeau de Johnnie Walker.

Zéro pédanterie. Il poursuivait un but lointain qui était de répondre au plus juste à la question posée, la réponse aborde fatalement, à un moment ou à un autre, les motifs de l'auteur. D'avoir écrit le livre, celui-ci n'en avait plus, ou pas, ou alors ils disparaissaient en un delta dont il paraissait périlleux d'être tiré, mettons, avant une demi-heure. La nuque témoignait d'un bref coup d'œil à l'horloge. Trop tard. Trois teufs-teufs regrettaient de ne pouvoir revenir en arrière, après quoi il laissait l'auditeur en effet dans le delta.

Ce fut mon tour d'entrer. Je pus le voir de face. Est-ce qu'on nous présenta ? Il eut un battement de cils, il était blême, avec un peu de sueur à la racine des cheveux. Quelqu'un vient de se faire piéger, encore sous le vertige.

La deuxième fois – j'ai lu entre-temps *La Ligne de Front*, *Zones*, et *La Frontière belge* –, il s'engouffre in extremis dans un ascenseur. Il est habillé de noir, sous un pardessus sombre. Quels intimissimes, dont il y a lieu d'être jaloux, ont connu le privilège de voir un jour Jean en couleurs ? Un signe de tête, il m'a reconnu. Un sourire qui incline les coins de sa bouche vers le bas, tirant irrésistiblement les joues du destinataire vers le haut.

Une autre fois – j'ai lu *L'Organisation*, *Traverses*, *Cyrille et Méthode*, *Joséphine* –, j'entends seulement parler de lui. Nous sommes en novembre, il pleut, une camarade raconte son week-end dans une maison délabrée, à la campagne. Il y avait Jean Rolin, dit-elle en me regardant par en dessous. Je n'ai pas, que je sache, déplié ce nom devant elle. Or il est vrai que j'éprouve à ce moment-là un bref pincement suivi de honte : en l'imaginant, lui, près d'une cheminée, j'ai pensé, « Pourquoi elle et pas moi ? »

À partir de quoi – *Hamdoulila!* – nos chemins se croisent et les fois se succèdent.

J'arrive avec cinq minutes de retard à la gare de La Ferté-sous-Jouarre, où nous sommes convenus que je viendrais le chercher en voiture (il ne possède pas de permis). J'ai lu *Campagnes*, *La Clôture*, ç'a été une histoire pour me procurer *L'Or du scaphandrier*, au dos duquel il apparaît, vingt-cinq ans plus tôt, les cheveux en broussaille, posant en compagnie de quelques vaches près de fils barbelés. On jurerait un jeune agriculteur qui a contracté un emprunt, s'il n'y avait à l'arrière-plan un chantier, une construction échevelée de poutrelles. Quel pont, quelle centrale, quelle écluse, les trois en même temps? Sur cette photographie qu'on croirait tirée d'un canard local, page Viverols (Forez), figurent tous les éléments des romans et récits qui viendront. Un homme arrêté le long du chemin (lequel, et où mène-t-il?); des animaux plus réussis que nous (plusieurs de ses livres lorgnent en direction des bestiaires); une fascination pour la friche : armoires électriques porte d'Aubervilliers, rues désertes à Ramallah, voies de halage le long des canaux. «Le port d'Anvers vu depuis l'aileron de passerelle d'un cargo pendant des manœuvres nocturnes» semble constituer un acmé.

Je le trouve derrière un indicateur dont il recopie l'horaire. Voici donc son carnet, noir, du modèle que j'imaginais, et qui lui vaut cent embarras (à proximité d'écoles dans une partie du monde, de bâtiments militaires dans l'autre). La tentation est grande de le lui arracher des mains avant de partir au galop. À l'abri, lire le laboratoire. S'en sert-il comme d'un aide-mémoire ? D'un journal ? Ou bien d'une piste le long de laquelle il s'ébroue ? Entend-on déjà les fers de la phrase aller l'amble ?

Bien vite, l'amateur comprend que ce n'est pas un calepin qu'il lui faut, mais tous. Aussi se met-il à caresser un rêve fort commun : devenir riche. Puisque Jean ne souhaite pour ses vieux jours « qu'une chaise longue, avec un plaid, devant la maison de retraite de l'Union des écrivains, au bord de la mer Noire », je réclame pour seul luxe de lui rendre visite. D'acheter ses carnets au prix de tableaux, améliorant ainsi nos ordinaires.

Nous devons faire quelques courses. Arrêté devant un magasin de primeurs, il paraît soucieux tout à coup, entre, sort, entre à nouveau. Choisit un paquet de prunes jaunes afin de ne pas arriver les mains vides.

Au téléphone (1).

– Ça y est, dit-il. J'ai recommencé d'écrire. C'est harassant.

– …

– Vingt pages. Au final, il en reste une demie.

(Jusque-là, la limite est commune.)

– Quarante, reprend-il, énervé contre lui-même. J'en tiens une.

(Quarante ! On dresse l'oreille.)

– Comment sais-tu que tu vas la garder ?

– Quand elle me fatigue au point que je ne parviens plus à la lire. Je n'en suis plus capable. Je laisse tomber.

On raccroche avec un peu d'effarement. On imaginait être allé au désert, ce n'était qu'un faubourg. Loin devant, en direction de la dissolution, subsiste encore une silhouette à la Giacometti, la sienne.

Nous allons nous promener, temps clair, terre boueuse. Avant de partir, il a levé une jambe, m'a montré sa chaussure. Si nous nous habillons à présent de la même funèbre façon, nos brodequins divergent. Les siens sont légers, sportifs, et ne déparent pas à la ville ; les miens sont ceux d'un agriculteur.

– Tu ne m'emmènes pas trop profond ? demande-t-il.

Choisissons une vicinale où deux voitures ne peuvent s'engager de front, et qui développe, sur l'horizon, un bouquet d'arbres d'où un rapace vient de s'envoler.

– Milan noir, dit-il.

C'est impossible, il n'a pas pu le différencier, à cette distance, d'une buse. Comme je le lui fais remarquer :

– Le mouvement… dit-il encore avec un geste de la main, les yeux sous trois voiles d'absence.

Il est au retour d'une semaine de reportage. « Appelons ça un reportage… » soupire-t-il. Une de ces opportunités qu'ont les écrivains d'aller passer une semaine ailleurs, de revenir avec un texte, aux frais d'un journal.

– Mon frère avait dû refuser. Ils ont pensé à moi.

Il rit.

Nous avons pris un chemin de traverse, qui découvre la butte en surplomb du village, elle-même dominée du silo. Il s'arrête.

– Quel bâtiment…

Je n'avais pas noté. On disait « Le silo », on roulait devant en regardant l'entrée où trône le héron, cette tige de fer qui, fouillant le grain des remorques, décèle son taux d'humidité. Je n'avais jamais vu cette cathédrale ocre flanquée sous le ciel bleu, avec ses trois tours mauresques vertigineuses. À présent, si je songe à la campagne où j'habitais, c'est cela qui apparaît en premier, le silo.

Nous redescendons. Quand nous atteindrons l'embranchement, le village sera moins plaisant à droite. Je double Jean, et, coupant sa route, tourne à gauche. Il reste figé au poteau d'intersection, les mains dans les poches, le regard perdu. C'était dans l'autre direction qu'il voulait aller, comment obliquer sans paraître mauvais camarade ? Lorsque je le rejoins, je retrouve le visage fatigué que j'ai aperçu une fois, le masque défait d'une réflexion subitement entravée.

Il se tourne vers la haie contre laquelle il s'adossait. Quelques feuilles commencent à souffrir, feutrées de blanc, signe avant-coureur de la maladie. Il s'indigne d'avoir repéré la même, sur les arbres de l'avenue de Suffren, à Paris, et que personne ne semble remarquer.

Au téléphone (2).

– Qu'est-ce que tu lis en ce moment?
– Euh, je... La Bible, finit-il par lâcher à regret, sans les prolégomènes attachés d'habitude à la lecture de l'ouvrage.
– Quel passage?
Je m'installe plus confortablement, j'allume une cigarette. «De toute façon il y a tout dans la Bible» (Jérôme Lindon). Quel souvenir va-t-il choisir au milieu de cette foison? Quel épisode, de la Genèse à l'Apocalypse, a retenu son attention?
Jésus est occupé à dessiner des signes sur le sable, entre ses genoux. Les Pharisiens lui amènent une femme adultère, qu'on vient à l'instant de surprendre.

– Alors, Rabbi, que convient-il de faire ? Nos propres lois, héritées de Moïse, la condamnent.

Le prophète, songeur, ne les entend pas tout de suite. Les Pharisiens insistent, mordent sur son champ de vision. Il jette un œil.

– Vous avez la conscience en paix, vous ? Laissez-la tranquille.

Puis il se replonge dans ce qu'il trace à l'aide d'un bâton et efface d'un revers de main. Au bout d'un temps, se croyant seul, il relève la tête. La femme n'a pas bougé.

– Tu es encore là, toi ?

Il la congédie avec négligence. Il a déjà repris du bout des doigts le cours de ce palimpseste, qu'il supprime à mesure.

Évangile selon Jean.

L'attention que je lui porte dit assez l'admiration dans laquelle je le tiens. Peu de jours sans que je pense à lui, et je me moque qu'il se souvienne de moi. Où se trouve-t-il, en ce moment même ? En Moldavie, parce qu'une interrogation le taraude là-bas ? Aux dernières nouvelles : à Saint-Nazaire, sur les quais face aux monte-charges. Occupé à remplir ses propres cales de lieux désaffectés, où résonne un appel qu'il est seul à entendre.

J'arpente, mains dans le dos, une nouvelle campagne, autour d'une autre maison. Pins et bruyères désormais. Quand nos chemins se croiseront à nouveau, je ne lui indiquerai plus le sien. Un feu attendra dans la cheminée. Nous marcherons, il parlera.

J'écouterai le pèlerin.

Lost in translation

Résumé des épisodes précédents : Mikael est un double qui se conduit mal.

*

Mikael n'avait toujours pas pris l'habitude de se réveiller n'importe où. L'alternance, en ce temps-là, de quatre heures de veille suivies par deux anéanties de sommeil, lui offrait, quand il rouvrait les yeux, des décors étonnants : table de brasserie parisienne à l'ancienne, miroirs et cuivre, avec les avant-bras en guise d'oreiller; buissons abandonnés entre des immeubles, où traînaient quelques vieilles laines laissées par ses prédécesseurs; pois rouges, verts, jaunes sur fond noir, l'imprimé de la robe d'une voisine sur les genoux de laquelle il s'était écrasé. Il tâchait d'être prêt à tout, mais le dépassa la lumière bleuâtre à l'intérieur d'un avion, lui-même reproduit en modèle réduit, sur le bleu plus soutenu d'un écran de bord, parachutant des petits colis rectangulaires au-dessus des mers et des continents, son itinéraire. Il survolait le Groenland.

Il se rappela à ce moment-là avoir rêvé d'une jeune fille piercée à plusieurs endroits du visage, et d'une anthropologue en mission. Elles occupaient à présent, dans l'allée centrale, plusieurs sièges restés vacants qui leur avaient permis de s'allonger. Le Groenland ! Les lueurs de lucidité que lui laissaient ses heures de veille ne tendaient qu'à cet unique but : rentrer à la maison, ce qu'il était jusque-là toujours parvenu à effectuer à pied, en train, n'importe comment. Il désespérait dorénavant de revenir un jour, il avait fait le grand saut.

Coincée entre la banquette et le hublot au-delà duquel, si l'on faisait glisser la paroi amovible, on apercevait la nuit trouée d'un feu de position, il retrouva la bouteille d'Evian au trois quarts pleine de vodka, un litre acheté *duty-free.* Une mine, version diamants, sombres boyaux éclairés par une lampe qu'il aurait portée au front, mais éclats scintillants ramassés d'étai en étai, et volés à la glaise. Une fille, un jour, avait confié à sa mère qu'elle entretenait une liaison avec Mikael, romancier.

– Romancier alcoolique ?

Un métier, au même titre qu'archéologue allemand, ou conférencier international, ce qu'il était enfin parvenu à être, puisqu'il avait reçu une invitation en même temps que son billet d'avion, un congrès sur « l'Amour » deux semaines au Québec. Il ignorait que pour les Laurentides – prononcer *Laurentsides* – on dût se rendre au-dessus des contrées enneigées, où sont photogéniques les débris d'avion, écartelés dans le blanc, tandis que dans le fuselage survivent des passagers devenus anthropophages.

*

L'aéroport de Mirabel était charmant et désert. Il y reviendra plus tard. On le transporta, en compagnie d'autres écrivains – lui sembla-t-il, hop, par magie – à soixante kilomètres de là, dans la montagne. La neige commençait à fondre, on guettait la migration des oies sauvages au bout d'un ciel très loin, d'une largeur en Panavision. Le soleil étincelait sur les vitres d'un bunker vert flanqué dans la pente, « Centre de balnéothérapie » était précisé à l'entrée. Mikael avait imaginé, le soir, un banquet platonicien sous les pampres, grâce à un chauffage artificiel et des plantes vertes au bord de la piscine. Des ombres solitaires et voûtées erraient dans le grand hall, dès six heures, ses confrères, et demandaient en se croisant : « Quand est-ce qu'on mange ? » Il aperçut de loin la grande prêtresse de l'Amour, brune, orientale. Elle portait pour l'heure un chapeau, mais n'aurait pas déçu en Schéhérazade. Décidant de sauter le repas, Mikael fila dans l'escalier qui menait aux chambres. Au moins put-il, ayant tiré les rideaux et posé à terre la lampe de chevet, dans l'éclat spécial qui le faisait reluire comme un trésor, étaler sur le lit le contenu de son sac. Un carnet d'adresses, son passeport et trois cents dollars américains, trois livres de chevet, une boussole résistante, un couteau de Lozère, des paquets de cigarettes. Scintillant au milieu, la bouteille d'eau, à présent dépourvue de toute étiquette, et prometteuse encore au tiers de transformer la nuit.

Le premier soin de Mikael, le lendemain, avant de gagner la salle des petits déjeuners envahie par le soleil naissant, dans un bouillonnement de serviettes blanches, arums blancs sur le marbre de la cheminée au fond, fut d'assurer les provisions. À la réception, il apprit que ses craintes étaient fondées : dans un centre de balnéothérapie, on ne sert ni bière, ni vin, ni whisky. Il soudoya un chasseur et obtint, en échange de vingt dollars, la promesse d'un litre de vodka, dès midi.

Il n'y avait plus qu'une personne dans la salle, ses fines lunettes reflétant les blancheurs alentour, pile dans l'alignement de la cheminée pour qui s'assiérait en face : Ève.

Ève est une jeune romancière française, issue d'une tradition où l'histoire à la fiction s'emmêle. Envers Mikael, qui l'avait déjà rencontrée, elle avait en commun avec quelques femmes de pardonner qu'il fût ivre, au contraire prévenantes, attentives, douces à la manière des infirmières bien-nées soignant les blessés de la Grande Guerre. Ève, mais aussi Lydie, Laure, Edmonde. La liste s'arrêtait là.

– Ça m'étonne, que vous soyez ici... dit-elle quand il s'assit.

Les arums tressaient au-dessus de ses épaules délicates des ailes noix de coco, nervures vertes. Elle le regardait en souriant, regard sur le pont des lunettes, frange brouillée et blonde, à la main le volume qu'elle était en train de lire. Il prit la ferme résolution, vis-à-vis d'un être si exquis, de ne pas ouvrir la bouche lors des débats. Il possédait des enregistrements d'émissions en public qui avaient fait pleurer sa mère. Déjà, tous deux entendaient résonner, d'une salle voisine, les deux battants de la porte qui ouvrait sur le congrès.

Ils étaient une quinzaine, sous la houlette paterne d'un auteur, éditeur, chroniqueur, mandarin, qui ouvrit le bal en évoquant son chien, Homer, sa brutale disparition, la période de deuil dont l'avaient tiré l'écriture du roman homonyme, puis l'accueil de la critique et du public à la parution de *Homer*, qui continuait de figurer dans les listes des meilleures ventes. La déesse mauve entrevue la veille, aux lourds cheveux cuivrés, parvenait à force de manœuvres captieuses, à imposer son propre idéal. De trente à quarante-cinq ans, il fallait qu'il fût taillé en armoire, discret mais audacieux, et, détail qui tuait, que ses chaussettes ne s'affaissent pas au-dessus des chaussures. Ce fut alors qu'une femme jusque-là en retrait, au physique en manière aussi de Jeanne d'Arc, trouva le sujet fédérateur : nos lecteurs nous aiment-ils ? Elle précisait : sommes-nous sûrs que nos lecteurs nous aiment *vraiment* ? On ne s'entendait plus dans le feu des réponses. Le maître de Homer décida d'une pause-café, reportant la séance.

Passé la porte à tambour, les chasseurs bienveillants, c'était l'allée de gravier sous les grands arbres, au sortir desquels, de chaque côté de la petite route goudronnée, subsistaient des congères brillant dans le soleil. Mikael s'était renseigné sur l'existence d'un village, huit kilomètres en contrebas, Saint-Quelque chose. Des bernaches cacardaient en passant haut dans le ciel, lequel paraissait lui-même tellement distant, à ce point hors d'atteinte par rapport à ceux d'Europe, que Mikael se sentait rapetisser à mesure qu'il avançait. Il n'avait pas fait cinq cents mètres qu'on l'interpella, depuis le garage d'une maison :

– Où tu vas comme ça ?

Une femme d'une trentaine d'années, jupe d'azur s'achevant à mi-cuisse, yeux même couleur, chignon laissant dépasser des mèches batailleuses au-delà d'un front émouvant.

– Au village, avec tes pieds ? demanda-t-elle encore. Tu serais fou ? Attends une minute, je t'accompagne. Je téléphone à la voisine d'abord pour savoir si elle monte avec moi dans le char. On ne sait pas qui tu es, Tarzan.

Impossible, quoi qu'il en eût, de répliquer qu'il préférait huit kilomètres d'autres surprises. Déjà, tournant le dos, appuyée au toit de son tout-terrain aux roues épaisses, Kelly McGillis appelait Bette Midler qui longeait justement la haie dans leur direction, le mobile collé à l'oreille :

– Un drôle d'individu, dis-tu ?

Elles l'emmenèrent à l'avant, serré entre elles deux. Lui fouillait ses minces souvenirs, certain d'avoir vécu ça, mais où ? « *Tarzan* »...

Elles le relâchèrent dans le centre, une rue à western, la boue du dégel salissait les seuils et les pilotis. Le long du plancher en bois, sous les auvents, des commerçants nettoyaient leur devanture, passaient un coup de faubert sur les planches. L'un d'eux, coiffé d'un Stetson, aérait manifestement son bar.

– Une bière, demanda Mikael lorsque l'autre eut levé des yeux étonnés.

– Ce n'est pas l'heure.

– Entre deux coups de balai. Je me permets d'adosser cette chaise sous la fenêtre, d'ici on voit la rue en enfilade.

Il en but deux, au final. Dans son dos, par la vitre ouverte en grand, le patron venait lui aussi se faire caresser par le soleil, un torchon à la main.

– C'est rare, les marcheurs, par ici. Est-ce que vous voulez que je vous appelle un taxi ?

Il y avait un demi-gramme de supplication dans la voix. Bientôt, une voiture que rien ne signalait, bringuebalante, peut-être une ancienne Dodge, vint se ranger le long de l'établissement. Mikael monta derrière.

Ils gravirent sans se presser la route à lacets.

– Seriez-vous avec les écrivains là-haut ? demanda le chauffeur.

– Oui.

– Ah là là…

Les yeux fixés sur Mikael dans le rétroviseur, il hochait la tête en signe de pitié. Il multipliait les ressemblances avec Harry Dean Stanton mal rasé, dans *Paris, Texas*, jusqu'à porter semblable casquette à longue visière, non pas rouge, mais noir usé.

– Remarquez, par ici, nous autres aussi, on en tient un… Mais ça m'étonnerait qu'il vienne jamais dans cette…

Les mots lui manquaient, il tendit le poing en direction de l'hôtel.

– Peut-être le connaissez-vous, ajouta-t-il,

une lueur d'intérêt tout à coup allumée dans le rétro, Réjean Ducharme.

Mikael se ramassa davantage dans l'angle de la portière. Réjean Ducharme, l'écrivain dont le nom, déjà, prévient du tortillement qu'il fera subir à la langue, une langue verte et âpre, qui sent la mûre écrasée comme les brûleries du samedi soir qu'on passe fâché après sa fiancée. Les titres : *Le Nez qui voque*, *Ha ha !*, *Dévadé*, *Va savoir*… Ses personnages : Vonvon, Exa, la Petite Tare, Develo-Pop, la too much, Bottom… « Tarzan ! » Bien sûr, c'était là-dedans qu'il l'avait lu !

Il sentit son front chauffer de honte. Réjean Ducharme avait fait de sa vie abîmée une œuvre uniquement traduisible dans le vocabulaire de Réjean Ducharme. Ainsi que Rezvani, dans *Les Années-Lumière*, ou Jean-René Ehni, deux autres des héros de Mikael. Trois écrivains doués d'une voix singulière, ce qui est un pléonasme. Trois écrivains.

Trois vauriens sauvés. Mikael gémissait en constatant qu'il ne serait jamais le quatrième, ni le sixième, ni le centième. Réjean Ducharme aurait-il, oui ou non, mis les pieds là où lui-même se rendait? De la réponse dépendait une autre question : ai-je raté ma vie? Cette fois, c'était oui.

Le gravier crissait délicatement sous les roues, la pénombre des hauts arbres préludait à l'éclat balnéaire de la station. Trois chasseurs souriants et inoccupés l'attendaient au soleil sur les marches du perron, le goulot de la vodka dépassant du gilet de l'un d'eux.

Il la monta dans sa chambre, y goûta avant de ficeler son sac par-dessus – mon Dieu, les bouteilles d'un litre lui paraissaient à chaque fois tellement *énormes* – et descendit droit à la réception où il commanda un nouveau taxi, pour l'aéroport cette fois. Il laissa à peu de personnes le soin de s'inquiéter.

Il n'y avait qu'une âme qui vive le long des coursives de Mirabel, dans les salles, aux agences de vente, un agent d'entretien muni d'une raclette, et qui souriait à Mikael chaque fois qu'ils se croisaient, dans la magnifique lumière orange de l'après-midi qui s'insinuait partout. Enfin il dénicha une vendeuse en compagnie d'un steward. Un vol partait bien dans la soirée, il était hélas complet. Du comptoir qu'elle avait regagné, l'employée avait une vue plongeante sur une partie de la piste, deux avions à l'arrêt, et sous le nez de l'un d'eux, allongé bras en croix, Mikael. Le steward était réapparu dans son dos, transformé en garde du corps, tandis qu'elle établissait un autre billet retour. La transaction achevée, il ne restait plus à Mikael qu'un dollar. Le prix d'un café à Roissy.

Épilogue.

On se souvient peut-être de la fin de *L'Homme de Rio*, de Philippe de Broca, lorsque Adrien, jeune permissionnaire, entraîné malgré lui dans une semaine de folles aventures au Brésil, rencontre à son retour et dans les transports en commun (zeugme) un copain de l'armée :

– Il y avait un de ces bouchons, mon vieux, entre Asnières et Champerret…

Adrien (Belmondo) : Ça alors !

Ce fut à la terrasse d'un café de Saint-Germain que Mikael rencontra son premier interlocuteur parisien depuis le voyage. Ce dernier souleva ses lunettes de soleil et l'invita à prendre place à côté de lui :

– Alors, le Canada ?

– On m'a parlé de Réjean Ducharme, dit Mikael en faisant crisser son fauteuil.

– Ah ouais. Il paraît qu'il fait le chauffeur de taxi maintenant, quelque part dans les Laurentides.

Table

www.ledilettante.com

Achevé d'imprimer
le 28 janvier 2005
par l'Imprimerie Floch, à Mayenne
(Mayenne).

Deuxième tirage

DÉPÔT LÉGAL : 4e TRIMESTRE 2004.
(62167)
Imprimé en France